U0037544

基礎日本語

◆ 內容包括：情態副詞、程度副詞、陳述副詞等。

修訂版

趙福泉／著

適用
初·中級

副詞

笛藤出版
Dee Ten Publishing Co., Ltd.

前言

本書是學習日本語的參考書，為笛藤出版公司出版的**基礎日本語**系列叢書之一的副詞部份，供初學者或有一定基礎的讀者使用。本書按日本的傳統語法即**學校文法**的分類，將副詞分成三大類別，概述了每一類別的特點，然後舉出他們之中常用的副詞，並對每一個副詞舉例作了說明。但由於副詞數量較多，本書所舉的例子，一般只限於常用的、使用頻率較大的詞。除了解釋它們的含義、用法並舉例說明外，有時也適當地將近似的副詞做延伸，加以比較，使讀者加深理解，做更正確的運用。

本書在總說中系統地說明了副詞及其特點，也觸及了副詞與其他詞類的關係以及副詞的分類。然後將全書分為七章，其中一～三章是情態副詞；四～五章是程度副詞；六～七章是陳述副詞。

本書在舉出的例句中，使用了○、×、？符號，○表示完全正確的句子，×表示錯誤的句子，？表示雖不是錯誤，但在日本語裡不大講的句子或用法。本書前面有目次，按本書的

順序編排。後面附有索引，在索引裡按あいうえお順序編排，供讀者查找。

副詞在日本語言學界，對它的研究是比較少的，並且也不是很深入，如情態副詞、程度副詞究竟都包括哪一些副詞，是沒有定論的；時間副詞究竟屬於情感副詞，還是屬於程度副詞，學者之間的意見也是不一致的。另外也由於編者水平的限制，也還會有一些不當之處，請讀者諒解指正。

編　者　趙福泉

基礎日本語　副詞

第二章　情態副詞(二)——時間副詞……61

第四章　程度副詞(一)——一般程度副詞、比較程度副詞　121

第七章　陳述副詞(二)——比況樣態呼應、願望命令呼應、疑問呼應、反問呼應、假定呼應、確定呼應 221

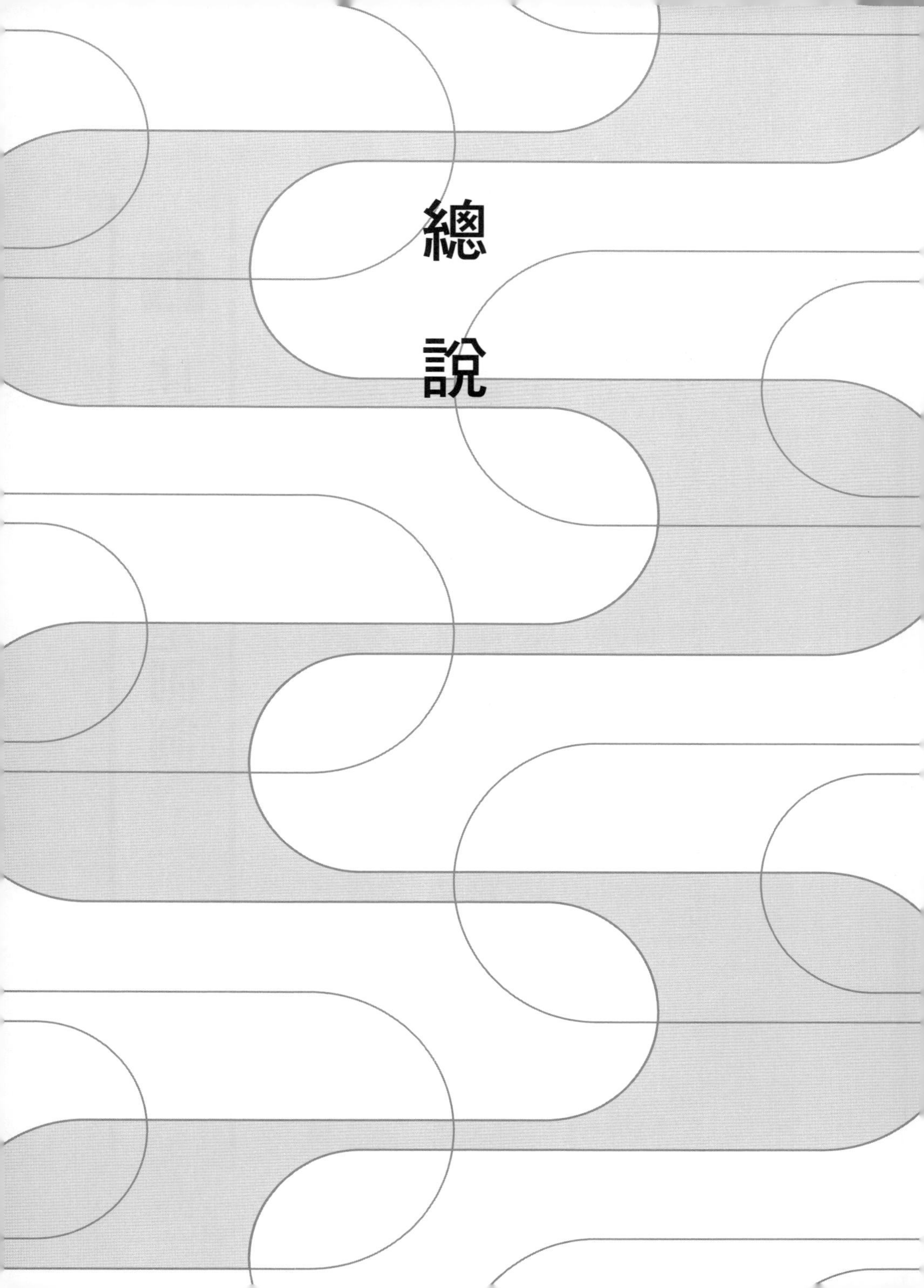

總說

1 什麼樣的詞是副詞

副詞屬於獨立語(自立語)，而無活用，可以單獨構成連用修飾語，用它修飾、限定下面的用言(動詞、形容詞、行容動詞)或副詞，用來說明動作的情況、事物的狀態、程度等，個別的少數副詞也可以修飾名詞，其中一些副詞可以作述語用，但一般都不能作主語來用。例如：

○雨がざあざあ降っています。(修飾動詞)／雨嘩啦嘩啦地下。

○空がすっかり晴れました。(修飾動詞)／天空完全放晴了。

○なかなか美しい人です。(修飾形容詞)／是一個相當漂亮的人。

○もっと前の席に座りましょう。(修飾名詞)／往更前面的座位坐吧！

○とてもよく勉強します。(修飾副詞)／很用功。

但同是屬於獨立語，而沒有活用變化，單獨構成連用修飾語的，並不一定都是副詞，下面一些單詞都是這樣的詞，但不是副詞。

1表示時間的名詞，如「昔、今日、先月、来年」、「今後、以前、いま」等它們都是修飾下面的用言的，但不屬於副詞。例如：

○昔、この辺はとても静かだった。（名詞作副詞用）／從前這一帶很守靜。

○明日もっと暑くなるでしょう。（名詞作副詞用）／明天會更熱的吧！

○今行きます。（名詞作副詞用）／現在就去。

有時為了說明方便，便於和其他時間副詞作相應的對比，本書將某些作副詞用的名詞，暫作為時間副詞來看待。

2一些數詞雖也修飾下面的用言，但一般不是副詞。如「一つ」、「三人」、「五冊」、「六日間」等都不是副詞。例如：

○今日町へ行って本を三冊買いました。（數詞作副詞用）／今天上街買了三本書。

○昨日お金を一万円なくしました。（數詞作副詞用）／昨天丟了一萬日元。

3另外一些用言連用形或用言連用形構成的連語雖也構成連用修飾語，修飾下面的用言，但一般仍把它們視作動詞、形容詞、形容動詞而不作為副詞來看。例如：

○立って答えなさい。（動詞作連用修飾語）／請站著回答！

○ばらが美しく咲いています。（形容詞作連用修飾語）／玫瑰開得很美麗。

○部屋はきれいに掃除してあります。（形容動詞作連用修飾語）／房間打掃得很乾淨。

因此下面幾個句子中，同一個動詞買う，它們的修飾語的詞性是不同的。

○すぐ買ってきます。（すぐ是副詞）／我立刻買來。

○いま買ってきます。（いま是名詞的副詞法）／現在就去買來。

○二キロ買ってきました。（二キロ是數詞的副詞法）／買了兩公斤。

○はやく買ってきました。（はやく是形容詞的連用形）／很快就買來了。

○いそいで買って来た。（いそいで是動詞連用形後接で）／趕快就買來了。

但有些形容詞、形容動詞的連用形副詞用法，其含義已與原來的形容詞、形容動詞有些不同，並且是比較特殊的，這樣的例子本書有時仍將其劃入副詞加以說明。例如えらく、いやに他們分別是容詞、形容動詞的連用形，由於它們的涵義已經變化，本書便將它們視作副詞來講。

2 副詞的分類

關於副詞的分類，日本的語言學家之間是有各種不同的分類的。日本的學校文法即通常的語法，一般是根據副詞所表示的意思內容將副詞分作以下三種類型：

副詞
- **情態副詞——主要修飾、限定動詞的副詞**
- **程度副詞——主要修飾、限定形容詞、形容動詞的副詞**
- **陳述副詞——明卻敘述性質等的副詞**

㈠情態副詞

是進一步充實下面所修飾的用言意義的副詞，它們所修飾的用言多是動詞，用這一類副詞來進一步深入表示這些動詞的意義。例如：

○昨夜はぐっすりねむった。／昨晚睡得很香。

○子供はにこにこ笑っている。／小孩子嘻嘻地笑著。

○雨がしとしと降っている。／雨淅瀝淅瀝地下著。

○すぐ行く。／立刻就去。

○ちょっと待ってくれ。／稍等一會兒。

○さっそく買ってきた。／趕快就買來了。

○かわるがわる意見を発表した。／輪流發表了意見。

○どう考えてもわからない。／無論怎麼也想不懂。

(二)程度副詞

是表示事物到達某種程度的副詞。它有兩種類型：

此類型多修飾形容詞、形容動詞或表示狀態動詞，也可個別地修飾其他的副詞。例如：

○大変にぎやかだ。／很熱鬧。

○ごく難しい。／很難。

○かなり複雑だ。／相當複雜。

○少し痩せている。／稍微瘦一點。

○もっとゆっくり話しなさい。／再慢一點說。

另一種類型是表示數量概念的程度副詞，它們多修飾動作動詞。例如：

○米がたくさんとれた。／出產了許多米。

○よほど腹が減っているようだ。／很餓了。

○父の病気はほとんど治った。／父親的病幾乎全好了。

○仕事はおおかた終わった。／工作大都做完了。

○今年の夏は本当に暑い。／今年的夏天真熱。

(三)陳述副詞——也有的學者稱之為敘述副詞。

這類副詞一般與下面的肯定、否定、推量、願望、疑問、比況、假定、確定等詞與相呼應，加強陳述的語氣。例如：

○今月の末までに必ずできます。／在這個月月底以前一定做好。

○ご恩は決して忘れません。／您的恩情我決不會忘記的。

○日本語はできるが、英語は全然分かりません。／會日本語，但英語完全不行。

○まるで夢のようだ。／簡直像作夢一樣。

○初めましてどうぞよろしく。／初次見面，請您多關照！

○どうして来なかったのか。／怎麼沒有來呢？

○知らせたら、たぶん来るだろう。／通知他的話，他會來的。

○もし雨が降ったら、ハイキングをやめます。／如果下雨的話，就停止郊遊。

以上是副詞的簡單分類，但有些副詞，既可以作甲種副詞來用，也可以做乙種副詞來用，表示的意思是不同的。如とても就是這樣的副詞。例如：

○とてもおいしいですね。（程度副詞）／很好吃啊！

○とても三十歳とは見えません。（陳述副詞）／不像三十歳啊！

這樣的副詞還是有一些的，就不在這裡一一舉例說明，我們在學習中只要搞清楚它們的含義、用法就可以了。

3 副詞的詞性轉化

有的副詞可以在保持其原來形態或稍微改變形態下，作為其他詞類來用。即有些副詞不只可以修飾用言、副詞或修飾下面的整個述語、條件句，同時還可以作其他詞性的單詞來用。它們大致有以下幾種情況：

(一)轉化為名詞來用

情態副詞、程度副詞、陳述副詞中，都有這類副詞。它們可以用：

1「副詞+格助詞(が、の、に等)」

2「～副詞～副詞だ」作名詞用。如ほとんど、すべて、かなり、ちょっと、等，都是這樣的副詞。例如：

○病気(びょうき)はほとんど治(なお)った。(副詞)／病幾乎全好了。

○品物のほとんどが壊れていた。（轉名詞）／幾乎所有的東西都壞了。

○試験は全ておわった。（副詞）／考試都結束了。

○かれは全てにわたって注意深い。（轉名詞）／他對每件事都非常注重。

○今日はかなり寒い。（副詞）／今天相當冷。

○これは十万円とはかなりの値段ですね。（轉名詞）

這個要花十萬日元，是相當貴的價錢啊！

○彼はちょっと考えてから答えた。（副詞）／他稍微想了一想之後便回答了。

○彼はちょっとの間も油断しなかった。（轉名詞）／他絲毫沒有鬆懈。

○あの図書館にはいい本がたくさんあります。（副詞）／那個圖書館裡藏書豐富。

○地震でたくさんの人が死にました。（轉名詞）／因為地震死了好多人。

○その話はもうたくさんだ。（轉名詞作述語用）／那件事，我已經聽夠了。

(二)轉化為連體詞來用

有些副詞不但可以修飾限定用言，還可以和連體詞一樣修飾體言。這類副詞多是程度副詞；而它們所修飾的體言多是表示地點、時間、數量或方向的體言（即名詞），常用的副詞有

もっと、ずっと、大層、少し、ちょっと、わずか、殆んど、もう等。

這類副詞本書說明過程中，仍認為它們是副詞，作為連體詞來用，因此這時只是副詞的一個用法──連體詞用法。例如：

○もっとはっきり言ってください。（副詞）／請再說清楚一些。

○もっと左です。（連體詞用法）／再往左一些。

○この方がずっといいです。（副詞）／這樣更好。

○これはずっと昔の話です。（連體詞用法）／那是很早以前的事情。

○大層寒くなりました。（副詞）／天氣變得很冷了。

○大層遠方に見えます。（連體詞用法）／看起來好像很遠。

○疲れたから少し休みましょう。（副詞）／累了，歇一會兒吧！

○少し前までは、この土地はずいぶん荒れていました。（連體詞用法）

在稍早前這塊土地還是荒蕪的。

○ちょっとお待ちください。（副詞）／請稍等一下！

○もうちょっと前に出てください。（連體詞用法）／再稍往前一點。

○病気はほとんど治った。（副詞）／病幾乎全好了。

○昨日ほとんど十キロ歩いた。（連體詞用法）／昨天走了十公里左右。

○今月の月給はわずかしか残っていない。／這個月的薪水，只剩一點點。

○わずか二時間で作文を書きました。（連體詞用法）

只用了兩小時左右的時間就寫完了作文。

(三)轉化為動詞來用

有些情態副詞，特別是擬聲擬態副詞，可在下面接用する轉化為動詞用。它們作述語用時多用する、～している；作連體修飾語用時，多用～した＋体言，這類副詞很多。例如：

○工事の音ががんがん響いてやかましい。（副詞）／施工的聲音震耳欲聾，吵得很。

○熱が三十度もあって頭ががんがんする。（轉動詞）

發燒到三十九度，頭嗡嗡的響。

○油で手がぬるぬる滑る。（副詞）／手上有油，滑溜溜的。

○鰻はぬるぬるして掴みにくい。（轉動詞）／鱔魚滑溜，不好抓。

○話してはいけないと言われていたのに、うっかりしゃべってしまった。（副詞）

他告訴我不要說，可是我漫不經心地就說出去了。

○うっかりしていると、危ないですよ。（轉動詞）／漫不經心得很危險啊！

○今朝はたっぷり眠った。（副詞）／今天早上好好地睡了一覺。

○たっぷりした洋服をきている。（轉動詞）／穿著厚重的西裝。

○わたしの質問にはっきり答えなさい。（副詞）／清清楚楚地回答我的問題！

○まだはっきりした返事はありません。（轉動詞）／還沒有明確的回答。

○目を閉じてじっと考えている。（副詞）／閉著眼睛仔細地思考著。

○今は反対しないで、しばらくじっとしている方がいい。（轉動詞）

現在還是不要反對，安安靜靜地待著比較好。

○あの子はじっとした時はない。（轉動詞）／那個孩子沒有一刻安靜。

(四)轉化為形容動詞

有些副詞（多是程度副詞或情態副詞中的擬聲擬態副詞）在下面接形容動詞語尾之後，可以轉化為形容動詞。例如：

○留守にいたしまして、たいへん失礼いたしました。（副詞）

我人不在家，很對不起。

○日曜日なので、電車は大変な混みようでした。（轉形容動詞）

因為是星期天，所以電車擠的很。

○大変だ。火事だ、火事だ。（轉形容動詞）／不得了了！著火了！著火了！

○今日は相当（に）寒い。（副詞）／今天相當冷。

○彼は相当な家に生まれた。（轉形容動詞）／他的家室背景相當好。

○彼は日本語をぺらぺらしゃべっている。（副詞）／他流暢地講著日本語。

○彼は英語もぺらぺらだ。（轉形容動詞）／他的英語也講得很流利。

○雨が降ると、この道はどろどろになる。（轉形容動詞）

一下雨，這條路就變得泥濘不堪。

為了較完整地研究某一副詞的用法，在說明副詞時，有時也附帶說明上述轉化後的用法，使讀者可以更清楚地了解所說明的副詞。

第一章　情態副詞（一）——擬聲擬態副詞

1 情態副詞及其分類

如前所述，情態副詞是與程度副詞、陳述副詞（也稱為敘述副詞）相對而言的副詞，是進一步充實下面所修飾的動詞（個別時候修飾形容詞、形容動詞）意義的副詞，也就是說明動詞所表示動作情況或某種狀態的副詞。

從其的意義上來看，大致有下面幾種種類型。

(一)擬聲擬態副詞

即表示某種東西的聲音、樣態的動詞。例如：

ぶるぶる／哆嗦　　しとしと／淅瀝淅瀝地

つかつか／毫無禮貌地　　ごわごわ／提心吊膽地

(二)時間副詞

有的學者將它劃入到程度副詞裡，認為是程度副詞的一種。本書根據湯澤幸吉郎教授**口語**

法精說的說法，認為將它作為情態副詞來看比較適合，它是情態副詞的一種，是從時間上看說明動作、狀態的。例如：

もう／已經　　まだ／還（未）
しょっちゅう／經常　　すぐ／立刻
ただちに／立刻　　急（きゅう）に／突然，驟然

(三)指示副詞

有的學者認為它是與情態副詞、程度副詞、陳述副詞相對而言的副詞，即與這些副詞相並列的副詞。但這樣的副詞較少，是不好與其他三種副詞相並列的，因此本書將它作為情態副詞的一種進行說明。例如：

こう／這樣　　そう／那樣
ああ／那樣　　どう／怎樣
こんなに／這樣　　そんなに／那樣
あんなに／那樣　　どんなに／怎樣

(四)其他的情態副詞

不屬於上述一些副詞的情態副詞，還是有許多的。例如：

ふいに／猛然　　だんだん／漸漸

ますます／越來越　　かわるがわる／輪流

前もって／事先　　ひとりでに／自動地

めいめい／每個人　　つい／不自覺地

うっかり／漫不經心地

除此之外還是有一些的，詳見本書第三章。

它們相當於中文的象聲詞、象態詞。擬聲副詞表示人、物具體聲音的副詞；擬態副詞表示人、物的具體樣態的副詞。例如：

○雨がざあざあ降る。（擬聲副詞）／雨嘩啦嘩啦地下。

○犬がわんわんと吠え続ける。（擬聲副詞）／狗汪汪地直叫。

○雀が両足をそろえてぴょんぴょんと跳んで歩く。（擬態副詞）

麻雀一跳一跳地走。

○風車がくるくる回る。（擬態副詞）／風車滴溜溜地轉。

2 擬聲擬態副詞的特點

概括起來說，它們有以下的特點：

（1）從形態方面看，擬聲擬態副詞以「～り」以及疊語形式構成的副詞較多。例如：

うっかり／漫不經心地　こっそり／偷偷地

ずばり／直截了當地　がらり／嘩啦一聲

ぴたり／緊緊地　たっぷり／滿滿地

きっちり／整整地　けろり／一下子，霍然

うつらうつら／迷迷糊糊地　ぐるぐる／咕轆咕轆地（轉）

うろうろ／轉來轉去　げらげら／哈哈地（傻笑）

おずおず／畏首畏尾地，很膽怯地　すれすれ／緊挨著

おそるおそる／戰戰兢兢地　　だぶだぶ／肥肥大大地

がたがた／喀嗒喀嗒地，搖搖晃晃地　　のこのこ／滿不在乎地，漫不經心地

上述一些單詞都是擬聲擬態副詞。

（2）一些擬聲擬態副詞，可以在下面接「〜と」或「に」作一個副詞來用。使詞語表達得更生動。例如：

○港に船がぞくぞくとはいってくる。／船陸續地進港。

○自分の意見を堂々と述べる。／理直氣壯地發表自己的意見。

○年寄りはのそのそと電車を降りる。／老年人慢吞吞從電車上下來。

○朝飯もそこそこにでかけていった。／匆匆忙忙地吃完早餐就出門了。

○二台の車がすれすれに行き違っていった。／兩輛汽車擦身而過。

○暑さで飴がどろどろに溶けた。／由於天熱，整塊糖化得黏糊糊的了。

（3）擬聲擬態副詞與所修飾的動詞多是一定的，有的是不能任意和其他動詞搭配使用的。例如：

○ぐっすり眠る。／睡得很香。

○ぴたりと合う。／完全符合。

○まるまる太っている。／胖得圓滾滾的。

○ぴかぴか光る。／閃閃發光。

○雨がしょぼしょぼと降る。／雨濛濛地下。

○火がぼうぼうと燃える。／火熊熊地燃燒。

○しくしくと泣く。／抽抽答答地哭。

上述句子中的一些副詞，基本上都是和下面的動詞相互搭配使用的，而不能採用其他動詞。

另外有些擬聲擬態副詞，雖然不是這樣和固定的動詞相互搭配來用，但也是和某一類動詞搭配使用的。例如：

のこのこ要與表示走來走去之類的動詞搭配在一起使用。例如：

○のこのこやってきた。／滿不在乎地走來了。

○のこのこ入ってきた。／滿不在乎地進來了。

○のこのこ出かけていった。／滿不在乎地出發了。

ひそひそ要與表示講話的動詞相互搭配使用。例如：

○ひそひそと言(い)った。／悄悄地說了。

○ひそひそと耳打(みみう)ちをした。／悄悄地在耳邊講了。

○ひそひそと噂(うわさ)をした。／悄悄地議論著。

（4）擬聲擬態副詞中的許多副詞，可修飾同一動詞，但含義不同。

例如修飾降(ふ)る的擬聲擬態副詞就有：

○ざあざあと降(ふ)る。／（雨）嘩啦嘩啦地下。

○しとしとと降(ふ)る。／（雨）淅淅瀝瀝地下。

○しょぼしょぼと降(ふ)る。／（雨）濛濛地下。

○ぱらぱらと降(ふ)る。／（雨點）啪啦啪啦地下。

○ぽつりぽつりと降(ふ)る。／（雨點）啪嗒啪嗒地下。

像這樣修飾同一動詞的近義擬聲擬態副詞，其他還是有許多的，關於他們的含義用法請參考本章P37的擬聲擬態副詞用法。

（5）有些擬聲擬態副詞可以在下面接「する」（包括它的變化）作動詞用。

○変な男がうちのまわりをうろうろしている。／一個奇怪的男人，在我家周圍徘徊。

○走ってきたので、心臓がまだどきどきしている。

因為是跑步來的，因此心臟還在撲通撲通地跳。

○年は取ってもまだぴんぴんしている。／雖然年紀大了，但很健壯。

○部屋にはどっしりした机が一つ置いてある。／在房間裡放著一個笨重的桌子。

○老人はたっぷりしたコートをきている。／那位老人穿著一件又厚又重的大衣。

○ぽかぽかする天気だから、オーバーは要らない。／天很暖和，不用穿大衣。

（6）有些擬聲擬態副詞，可以轉化為形容詞來用，可以在下面接「だ」，直接作述語用，也可以用「～になる」等。例如：

○かれは日本語がぺらぺらだ。／他的日本語說得很流暢。

○今は十二時きっかりだ。／現在是十二點整。

○バスは満員でぎゅうぎゅうだ。／公車擠得滿滿的。

○一日中歩いてへとへとになった。／走了一整天，累得筋疲力盡。

○大雨が降ったので道がどろどろになった。／因為下大雨，道路變得泥濘不堪。

（7）有些擬聲擬態副詞，可以作名詞用，多在下面接「の」作連體修飾語用，但這麼用的擬聲擬態副詞不多。例如：

○とろとろの火でスープを煮る。／用微火來煮湯。

這樣轉化為其他詞性的擬聲擬態副詞，為了說明方便，仍作為副詞的一種用法來加以說明。

3 擬聲擬態副詞的用法

擬聲擬態副詞較多，它們表示許多含義，很難一一解釋，本書只就下面兩種副詞作些說明。

I、表示人的聲音、樣態的副詞

II、表示自然現象的聲音、樣態的副詞

其他有些擬聲擬態的副詞，則分別在其他章節裡解釋。

1 表示人的聲音、樣態的副詞

（一）表示笑的擬聲擬態副詞

常用的有：にこにこ、にっこり、にやにや、げらげら、からから、くすくす，**它們都是**

表示笑的聲音或樣態的，但是笑的樣態不同。

1にこにこ、にっこり

兩者含義用法基本相同，多用副詞、～と、～する形態，表示微笑。相當於中文的**微笑**、**笑嘻嘻地**。

○いつ会っても彼はにこにこ笑っている。／無論什麼時候見到他，他都微笑著。

○彼はにっこり笑って褒美をもらった。／他微笑著領了獎品。

2にやにや

多用**副詞**、～と、～する形態，一般用來表示想起或遇到某種高興的事情，獨自不出聲地瞇瞇地笑。可譯作中文的**瞇瞇地笑**、**獨自笑嘻嘻**的。

○どういうわけか、彼女はいつもにやにや笑っている。

不知為什麼，她老是獨自笑嘻嘻的。

○彼はにやにやしながら、手紙を読んでいる。／他笑瞇瞇地看著信。

有時也表示瞧不起人似地**嗤笑**，這種笑給人一種不愉快的感覺。相當於中文的**嗤笑**。

○車は渋滞するし、人はたまるし、みんないらいらしているのに、電車の運転士はこっちを見てにやにやしている。

汽車大排長龍，行人堵在一起，大家都很著急，可是電車的司機卻看著這邊嗤笑著。

3げらげら　它與前兩者不同，只能用副詞、～と形態，而不能用～する，表示**哈哈地傻笑**。相當於中文的**傻笑**。

○子供の時はモダン・タイムスを見て、ただげらげらと笑っていただけだが、今度見ていろんなことを考えさせられた。

小時候，看了「摩登時代」，只是哈哈地傻笑，這次看了我不由得想了許多。

4からから　多用副詞、～と形態，表示男人高聲地笑。相當於中文的**哈哈地大笑**。

○彼が酔って転げたのをみて、見んなからからと笑った。

看著他喝醉摔倒了，大家哈哈大笑了起來。

5くすくす　多用副詞、～と形態，表示偷笑，相當於中文的**偷著笑**、**偷偷地笑**。

○人前であんなにくすくす笑うのはよくないことだ。

在人家面前那樣偷笑很不好。

(二)表示哭的副詞

常用的有：わあわあ、おいおい、しくしく，**它們都是修飾**泣く，**表示哭的樣態，但哭的情況不同。**

1わあわあ　多用~と形態，表示哇哇地大哭。

○注射をすると、子供がわあわあと泣きだした。

一打針，孩子就哇哇大哭了起來。

2おいおい　多用副詞、~と形態，也表示大聲地哭，但它多用來表示男人嗚嗚地哭。相當於中文的**嗚嗚地哭**。

○どうしたわけか、大の男がおいおいと泣いていた。

不知道什麼原因，一個大男人嗚嗚地哭。

3しくしく　多用副詞、~と形態，表示抽抽搭搭地哭。相當於中文的**抽抽搭搭地哭、抽抽涕涕地哭**。

○話を聞いているうちに子供はしくしく泣きだした。

聽著聽著，孩子抽抽答答地哭了起來。

○芳子は死んだ夫を思い出してしくしく泣いた。

芳子想起死去的丈夫，抽抽搭搭地哭了起來。

(三)表示發怒的副詞

常用的有：かんかん、ぷんぷん，**二詞都是修飾おこる的擬聲擬態副詞，但使用情況不同。**

1かんかん　多用副詞、～と形態，表示氣沖沖的樣子，相當於中文的**勃然大怒**。

○彼(かれ)はそれを聞(き)いてかんかんに怒(おこ)った。／他知道那件事之後勃然大怒。

2ぷんぷん　多用副詞、～**する**形態，也表示氣沖沖的樣子，但從程度來看，要小於かんかん，相當於中文的**氣沖沖地**、**非常氣憤地**。

○さんざん待(ま)たされてぷんぷん怒(おこ)った。／讓他等了半天，他非常氣憤。

○ぷんぷんして行(い)ってしまった。／（他）氣沖沖地走了。

(四)表示睡覺樣態的副詞

常用的有：ぐっすり、すやすや、うとうと、うつらうつら，**四詞都是修飾ねむる的擬態副詞，但睡的情況不同。**

1ぐっすり　多用副詞、～と形態，表示睡覺睡得熟、睡得深。相當於中文的**睡得熟**、**睡**

得著。

○ゆうべ昼の疲れで**ぐっすり**眠った。／昨天晚上，因為白天的疲憊所以睡得很熟。

○**ぐっすり**寝入っていていくら読んでも起きない。

（他）睡得很熟，怎麼喊也喊不起來。

2すやすや　多用副詞、～と形態，多講嬰兒睡的很安靜、很甜。相當於中文的**睡得很熟，睡得很安穩、安穩地睡著**。

○赤んぼうが**すやすや**と眠っている。／嬰兒安穩地睡著。

○どこか悪いのか、うちの子はこんなに**すやすや**眠ったことはない。

不知道是那邊不舒服，我們家的孩子沒有這樣安穩地睡著過。

3うとうと　多用副詞、～と、～する形態，表示迷迷糊糊地睡一會，打一個盹兒。相當於中文的**打起盹來**、**迷糊起來**。

○テレビを見ているうちに**うとうと**と眠ってしまった。／看著電視就打起盹來了。

○疲れていたので、バスの中で**うとうと**しだした。

因為太累了，在公車上就打起盹來了。

4うつらうつら 多用副詞、~と、~する形態，與うとうと含義基本相同，也表示迷迷糊糊了起來的樣子，也可能比うとうと睡意更淺一些。相當於中文的**打起瞌睡**。

○話を聞いているうちにうつらうつらしてしまった。／聽著聽著，就打起瞌睡來了。

(五)表示無精打采的副詞

常用的有：しおしお、すごすご、しょんぼり，**三詞都表示毫無精神、無精打彩的樣子，但使用情況稍有不同。**

1しおしお、すごすご 二詞含義用法基本相同，都是多用副詞、~と形態，都表示**無精打彩地、垂頭喪氣地進行某種活動，它們所修飾的動詞多是移動動詞。相當於中文的垂頭喪氣、無精打彩地。**

○澄ちゃんは先生に叱られてしおしおと（○すごすごと）教員室を出ていった。

小澄挨了老師一頓罵，無精打彩地走出了教職員辦公室。

○彼は借金を断られて、すごすご(しおしお)帰っていった。

他借錢被拒絕，垂頭喪氣地回去了。

2しょんぼり 多用副詞、~する形態，也表示**無精打彩地、垂頭喪氣地**，但它與しおしお、すごすご不同，多用來表示無精打彩的狀態，如無精打彩地站著、待著。相當於中文的**無精打彩地**。

○どうしたわけか、彼は外へ出て長い間しょんぼり立っていた。

不知道為什麼，他在外面垂頭喪氣地站了好長的時間。

○金メダルを逸した「水の女王」山川さんはさすがにしょんぼりしていた。

沒有奪到金牌的「水上女王」山川小姐，顯得無精打彩的樣子。

(六)表示發抖的副詞

常用的有：ぶるぶる、がたがた、わなわな等，**都修飾ふるえる，表示發抖，但使用的情況不同。**

1ぶるぶる　多用副詞、～と形態，表示因寒冷或恐懼而身體發抖、哆嗦。相當於中文的**哆哆嗦嗦地、嗦嗦地**。

○部屋の中には火もないので、冬になると、ぶるぶる震えてしまう。

房間裡沒有火，一到冬天就凍得瑟瑟發抖。

○警察の厳しい追究に、彼は酔いも覚、ぶるぶる震えだした。

在警察的嚴厲詢問下，他酒也都醒了，瑟瑟發抖。

它還表示因其他原因而發抖，如生病導致身體發抖。

○マラリヤにかかった人は誰でも体がぶるぶる震えるのだそうだ。

據說得了瘧疾的人都會身體嗦嗦地發抖。

它還表示身體某一部分，如手腳等發抖、顫抖。

○病気のため、両手がぶるぶる震える。／因為生病，雙手嗦嗦地顫抖。

○おばあさんはぶるぶる震える手で針仕事をするときもある。

奶奶有時顫抖著手做針線活。

2がたがた　多用**副詞**、~と形態，也表示因寒冷、恐懼或有病等而身體發抖，這時可換用ぶるぶる，也相當於中文的**哆哆嗦嗦地**、**嗦嗦地**。

○寒さのためにがたがた（○ぶるぶる）震えている。

因為寒冷，凍得身體嗦嗦地打顫。

○どういうわけか知らないが、午後になると、体ががたがた（○ぶるぶる）震えだす。

不知道什麼原因，一到下午身體就嗦嗦地發抖。

但它不能用來表示手腳等顫抖，因此下面的句子是不通的。

×病気のため両手ががたがた（○ぶるぶる）震えている。

3わなわな　多用副詞、～と形態，表示因寒冷、恐懼等原因，身體發抖。可換用ぶるぶる、がたがた。也相當於中文的**嗦嗦地**、**哆哆嗦嗦地**。

○さむくて体がわなわな（○ぶるぶる、○がたがた）震えている。

冷得身體打哆嗦直發抖。

○こわくて体がわなわな（○ぶるぶる、○がたがた）震えている。

怕得身體瑟瑟發抖。

但它不能用來表示因生病等原因身體發抖，也不能用來表示身體某一部分如手腳等顫抖。

（七）表示走路樣態的副詞

常用的有：そろそろ、つかつか、のこのこ、とぼとぼ、ちょこちょこ、よぼよぼ**等，它們都是表示人邁步走路樣子的擬聲擬態副詞，但走路的樣子不同。**

1そろそろ　多用副詞、～と形態，表示慢慢走路的樣子。相當於中文的**慢慢地**。

○傷はもう大丈夫ですから、そろそろ歩いてみなさい。
傷已經痊癒了，慢慢地走走看！
○足が痛いので、そろそろ歩いた。／因為腳痛，所以慢慢地走。

2つかつか 多用副詞、～と形態，表示毫無禮貌、滿不在乎地、大搖大擺地走來走去。

○ノックもしないで、つかつか部屋にはいってきた。
連門都沒敲，就大搖大擺地進到房間裡。
○警官はつかつかと近寄って聞いた。／警察邁著大步走到身旁問話。

3このこ 多用副詞、～と形態。相當於中文的**毫不知羞地**、**毫不在乎地**。

○どこへでも、ふだん着のままのこのこ出かけていく。
無論到什麼地方，都滿不在乎地穿著平常的衣服去。
○喧嘩したばかりで、どうしてのこのこ訪ねていかれましょうか。
剛剛吵完架，怎麼能毫不在意地去拜訪他呢？

4とぼとぼ　多用副詞、~と形態，表示無精打彩地、疲憊不堪地走路的様子。相當於中文的**無精打彩地**。

○老婆(ろうば)が**とぼとぼ**と歩(ある)いている。／老婆婆無精打彩地走著。

○やむをえず、彼(かれ)の後(うしろ)から**とぼとぼ**ついていった。

不情不願地拖著步伐跟在他後面走。

5ちょこちょこ　多用副詞、~と形態，表示碎步走路的様子，如兩三歲小孩走路的樣子。可譯作中文的**邁著小步地**、**邁著碎步地**。

○三(みっ)つぐらいの子(こ)が**ちょこちょこ**と歩(ある)いている。

一個三歲左右的孩子，邁著小步走著。

○寒(さむ)い冬(ふゆ)の日(ひ)、ある和服(わふく)を着(き)た女(おんな)の人(ひと)が**ちょこちょこ**走(はし)るようにして家(いえ)の前(まえ)を通(とお)っていた。

在寒冷冬天的某日，一個穿著和服的女人邁著小碎步，跑過我家門口。

6よぼよぼ　多用副詞、**~と**、**~する**形態，表示老年人搖搖晃晃走路的樣子。相當於中文的**搖搖晃晃地**、**步履蹣跚地**。

○おじいさんはいつもあんなに杖(つえ)をついてよぼよぼと歩(ある)いている。
爺爺總是拄著枴杖步履蹣跚地走著。
也用～よぼよぼだ作述語來用，意思相同。
○おやじは年取(としと)ってもうよぼよぼだ。／爸爸年紀大了，走起路來已經是步履蹣跚。

(八)表示大範圍內走來走去的副詞

常用的副詞有：ぶらぶら、うろうろ、まごまご，三詞都表示在大範圍內，毫無目地地走來走去的樣子，但含義不同。

1ぶらぶら　多用副詞、～と、～する形態，是中性詞，沒有褒貶含義，表示無目的地地走來走去。相當於中文的**溜躂**、**散步**、**閒晃**。
○一時間(いちじかん)公園(こうえん)の中(なか)をぶらぶらと散歩(さんぽ)した。／在公園裡，優閒地散步閒晃了一個小時。
○銀座(ぎんざ)をしばらくぶらぶらしよう。／在銀座閒晃一會兒吧！

2うろうろ　多用副詞、～と、～する形態，多少含有貶義，表示無目的地地在某一個地方走來走去。也相當於中文的**溜躂**、**閒晃**。
○一日中新宿(いちにちじゅうしんじゅく)をうろうろしていた。／在新宿閒晃了一天。

另外也用來表示不懷好意地來回徘徊，讓人懷疑。相當於中文的徘徊、打轉。

○二人(ふたり)の大(だい)の男(おとこ)が店(みせ)の前(まえ)をうろうろしている。／兩個大男人在店前徘徊著。

它還表示張惶失措，不知如何是好的樣子。這時多用~する，相當於中文的**不知所措**、**不知如何是好**。

○あまり意外(いがい)なことにうろうろしてしまった。／太意外了，一時竟不知所措。

3まごまご　多用**副詞**、**~する**形態，也表示在大範圍內走路的樣子，但它表示猶猶豫豫地、慢吞吞地走路。相當於中文的**慢吞吞地**、**拖拖拉拉地**。

○まごまご歩(ある)いていると、自動車(じどうしゃ)に跳(は)ね飛(と)ばされるよ。

走那麼慢，會被汽車撞到啦！

○まごまごしないでさっさと歩(ある)け。／不要磨磨蹭蹭地，快走！

它也用來表示張惶失措、不知如何是好的樣子。大致與うろうろ含義相同。相當於中文的**不知所措**、**不知如何是好**。

○道(みち)が分(わ)からなくて、まごまごしていたら、あるおじいさんが教(おし)えてくれた。

我不認得路，在不知如何是好的時候，一位老爺爺告訴我怎麼走。

(九)表示說話的樣態副詞

常用的有：べらべら、ぺらぺら、ぶつぶつ、ぼそぼそ、ひそひそ、がやがや等，**都修飾しゃべる、話す之類的動詞，但含義不同。**

1べらべら　多用副詞、～と形態，多修飾しゃべる，表示一直不停地講話。相當於中文的**一直地講、說個沒完**。

○つまらないことをべらべらしゃべる。／一直在講一些無聊的事。

○べらべらとよくしゃべるやつだ。／真是愛講話的人。

2ぺらぺら　與べらべら形態近似，但是不同的兩個單字。多用**副詞**、～だ形態。也多修飾しゃべる，表示外語說得很流利。相當於中文的**流利**。

○李さんは日本の友人と日本語でぺらぺらしゃべった。

李同學和日本朋友用流利的日語交談。

○内山さんは英語がぺらぺらだ。／内山英語說得很流利。

3ぶつぶつ　多用副詞原來的形態，多修飾いう，表示小聲地說話、發牢騷。可譯作中文的**嘀咕**、**牢騷**等。

○何をぶつぶついっているのだ。／你在嘀咕什麼？

○彼はぶつぶつ言いながら出ていった。／他邊發著牢騷邊走了出去。

4ぼそぼそ 多用**副詞**、**～と**形態，修飾いう之類的動詞，表示小聲說話的樣子，相當於中文的**小聲地**、**嘰嘰喳喳地**。

○竜ちゃんは父の前でぼそぼそといいわけをした。／阿龍在父親面前小聲地辯解。

○暗闇の中でぼそぼそと話す声が聞こえてくる。／在黑暗中傳來了細碎的談話聲。

5ひそひそ 多用**副詞**、**～と**形態，也修飾いう、**はなす**之類的動詞，也表示小聲說話，但它與**ぼそぼそ**稍有不同：**ひそひそ**含有小聲說話不讓旁人聽見的含義。因此相當於中文的**悄悄地（說）**、**偷偷地**。

○芳子ちゃんは三郎と何かをひそひそと話している。／芳子和三郎悄悄地不知在說什麼。

○彼の姿を見ると、隣りの人たちはひそひそと噂をした。

一看到他，鄰居們就悄悄地講閒話。

6がやがや 多用**副詞**、**～と**形態，多修飾**話す**等表示說的動詞，表示許多人說話的聲音，因此它是擬聲副詞。相當於中文的**吵嚷**、**吵吵嚷嚷**。

○外でがやがやと話し声がする。／外面的談話聲吵吵鬧鬧的。

○生徒たちが運動場でがやがや騒いでいる。／學生們吵吵鬧鬧地在操場上嘻鬧著。

(十)表示害怕的副詞

常用的有：おそるおそる、こわごわ、おずおず等，**三詞都是表示心理狀態的擬態副詞，都表示害怕的樣子，但含義和使用的情況不同。**

1おそるおそる　多用副詞本來的形態，表示戰戰競競地、提心吊膽地、畏首畏尾地作某種事情。它側重於心理上的害怕，多表示在令人害怕的人們面前做事情的心理狀態。

○彼はおそるおそる自分の意見を話した。／他畏首畏尾地講了自己的意見。

○平社員の内山はおそるおそるドアを開けて社長の部屋に入った。

小職員內山提心吊膽地開了門，進入了社長室。

2こわごわ　多用**副詞**、～と形態，也表示提心吊膽地做某種事情。它也是側重於心理上的害怕。但在害怕的程度上比**おそるおそる**要輕一些，另外也不一定是在令人害怕的人們面前做事情。相當於中文的**提心吊膽**等。

○何か出てきはしないかと、こわごわ穴の中に入った。

心想是不是會出現什麼東西，提心吊膽地進入了洞裡。

○二人はこわごわ丸木橋を渡った。／兩個人提心吊膽地過了獨木橋。

由於おそるおそる、こわごわ都表示心理上的害怕，只是程度上稍有不同，因此有些句子兩者都可使用，當然程度上有些不同。例如：

○叱られるのではないかと思って、おそるおそる（○こわごわ）父の前にでた。

擔心挨父親罵，戰戰競競地（提心吊膽地）來到了父親的面前。

3 おずおず　多用**副詞**、~と、~する形態，也表示害怕，但它側重表現在態度上害怕的樣子。在程度上比こわごわ還要要輕一些。相當於中文的**畏首畏尾地**、**擔心害怕**、**怯生生地**。

○遅刻した三郎はおずおず教室に入った。／遲到的三郎畏首畏尾地進了教室。

○彼は自信がないのでおずおずしている。／他沒有信心，因此擔心害怕。

②害怕自然現象或一些事物的聲音、樣態的副詞

(一)表示雨聲、下雨的副詞

常用的有：ざあざあ、しょぼしょぼ、しとしと、ぼつりぼつり等**，它們都表示下雨的聲音或樣子，但含義不同，使用的情況不同。**

1ざあざあ　多用**副詞**、~と形態，修飾**降る**，表示嘩啦嘩啦地下大雨。相當於中文的**嘩嘩地（下大雨）、下傾盆大雨**。

○ざあざあと雨がひとしきり降った。／嘩啦嘩啦地下了一陣大雨。

○あたりが急に暗くなったかと思ったら、雨がざあざあ降ってきた。

天空突然陰了起來，接著就下起傾盆大雨。

引申表示嘩啦地澆水。例如：

○頭から水をざあざあとかぶった。／從頭上嘩啦嘩啦地澆了水。

2しょぼしょぼ　多用**副詞**、~と形態，修飾**降る**，表示即雨下得不大，但下的時間較長。相當於中文的**淅瀝淅瀝地**。

○しょぼしょぼと降る雨の中を一時間歩いた。／在淅瀝淅瀝的小雨裡，走了一個小時。

引申表示**讓雨淋**。例如：

○しょぼしょぼ降る雨に濡れて歩いていった。／淋著淅瀝淅瀝的雨走了。

3しとしと　多用**副詞**、〜と形態，修飾降る，也表示淅瀝淅瀝地下雨，但語感上しとしと比しょぼしょぼ雨下得要稀。也相當於中文的**淅瀝淅瀝地（下雨）**、**（雨）靜靜地（下）**。可與しょぼしょぼ互換使用。

○一日中小雨がしとしと（○しょぼしょぼ）降っていた。

小雨淅瀝淅瀝地下了一整天。

引申表示某種東西**受潮**，相當於中文的**受潮**。

○長雨で海苔やたたみがじとじとする。／下了那麼久的雨，海苔及草蓆都受潮了。

(二)表示颱風的副詞

常用的有：びゅうびゅう、ひゅうひゅう、そよそよ等，**都修飾動詞吹く，但表示的含義或使用的情況不同。**

1びゅうびゅう　多用**副詞**、〜と形態，修飾吹く，表示冬天颳的強烈冷風。相當於中文的**呼呼地（颳）**。

○一日中北風がびゅうびゅう吹いていた。／呼呼地颳了一整天北風。

○びゅうびゅうと吹く風をおして前進した。／冒著呼呼的寒風前進。

2ひゅうひゅう 多用副詞、～と形態，表示颳的是涼風，而不是隆冬的寒風。相當於中文的**颼颼地（颳）**。

○冷たい風がひゅうひゅうと吹いている。／颼颼地颳著涼風。

3そよそよ 多用副詞、～と形態，表示颳著微風，相當於中文的**徐徐地**、**微微地**。

○春風がそよそよと吹いている。／微微地吹著春天的暖風。

○そよそよと風が吹いて気持がよかった。／微風徐徐吹來很舒服。

(三)表示水流的副詞

常用的有：さらさら、ごうごう、とうとう**等，都修飾動詞**ながれる，**但含義不同，使用的情況不同。**

1さらさら 多用**副詞**、～と形態，表示小河的水輕輕地流。相當於中文的**輕輕地**、**潺潺地**。

○小川の水がさらさらと流れている。／小河的流水輕輕地流著。

○春の小川はさらさら行くよ。／春天的小河流水潺潺。

2ごうごう 多用**副詞**、～と形態，本來含義表示大的聲音。相當於中文的**隆隆地**、**轟隆**

隆地。

○機械がごうごうと音をたててまわっている。／機器發出轟隆隆的聲音運轉著。

引申用於水流，表示水流巨大而急的樣子。相當於中文的**滾滾地**。

○大雨のため、家の前の川もごうごうと流れていた。

下大雨，房屋前面的河水滾滾地流著。

○揚子江はごうごうと東へ東へ流れていく中国の一番大きい川だ。

滾滾東流的長江是中國第一長河。

3とうとう（滔滔） 多用**副詞**、～と形態，表示大水流動的樣子。相當於中文的**滔滔**、**滾滾**。

○濁流がとうとうと流れていて、食い止めることができなかった。

洪水滔滔，擋也擋不住。

(四)表示火炎燃燒的副詞

常用的有：ぼうぼう、とろとろ等，**它們含義不同，使用的情況不同**。

1ぼうぼう 多用**副詞**、～と形態，修飾**燃える**，表示大火燃燒。相當於中文的**熊熊**。

○ぼうぼうと火が燃え上がった。／熊熊地大火燒了起來。

○外へでてみると、近くの家がぼうぼうと燃えている。

到外面一看，附近的房子熊熊地燃燒著。

2とろとろ　多用**副詞**、~と形態，修飾**燃える**，形容微弱的火苗燃燒著。相當於中文的**微微地**。

○とろとろとかまどの火が燃えている。／竈裡燃著小火。

○とろとろ燃える火で長く煮る方がいい。／最好用微火長時間燉煮。

(五)表示混雜、混亂的副詞

常用的有：ごたごた、ごちゃごちゃ**等，它們含義近似，但使用的情況不同。**

1ごたごた　常用**副詞**、~と形態，修飾動詞，表示東西多而未加整理、查亂無章的樣子，既用於具體事物，也用於抽象事物。相當於中文的**亂得很**、**亂七八糟**。

○狭い部屋には道具がごたごた置いてある。

在窄小的房間裡，亂七八糟地擺著家具。

○今日(きょう)はごたごたと嫌(いや)なことが多(おお)い一日(いちにち)でした。

今天一整天，亂七八糟的，令人討厭的事情很多。

有時也用~**する**作動詞用，表示混亂。

○組織(そしき)の内部(ないぶ)はごたごたしている。／組織內部陷於混亂。

2ごちゃごちゃ　多用**副詞**、~**と**形態，表示人多、東西多很亂。相當於中文的**亂得很**、**零亂地**、**亂七八糟地**。

○色(いろ)んな物(もの)をごちゃごちゃ並(なら)べる。／零亂地擺著各式各樣的東西。

○この手紙(てがみ)にはごちゃごちゃと色々(いろいろ)のことが書(か)いてある。

這封信裡亂七八糟地寫著許多事情。

如前所述擬聲擬態副詞是較多的，無法一一述及。另外有些擬聲擬態副詞，將分別在其他有關章節裡進行說明。

※本書第一章所介紹情態副詞中的擬聲擬態副詞在日常生活中常以片假名的形態出現在文章、漫畫、電視節目中，本書以平假名的形式作介紹，讀者可以自由選擇使用。

第二章　情態副詞(二)

——時間副詞

1 時間副詞

是情態副詞的一種，有的學者將它劃入到程度副詞裡，本書根據湯澤幸吉郎教授的說法，將它劃入情態副詞。它是從時間上來修飾、限定動作所表示的動作的，個別時候修飾形容詞、形容動詞所表示的狀態，有的也可以修飾名詞，說明這一名詞表示的事物所處的時代。例如：

○父は今帰ってきたばかりだ。（修飾動詞）／父親剛剛回來。

○さっき誰が来たか。（修飾動詞）／剛才誰來了？

○兄はしょっちゅう忙しい。（修飾形容詞）／哥哥經常都很忙。

○しばらくは親切だった。（修飾形容動詞）／友善的態度及只維持一下而已。

2 時間副詞的特點

（1）有許多時間副詞是由時間名詞轉化而來的，也可以說是時間名詞的副詞用法。例如：

○今何時ですか。（時間名詞）／現在是幾點？

○今着いたところです。（時間副詞）／（我）剛到。

○最近の調査によると、病人はずいぶん減ったようだ。（時間名詞）

根據最近的調查，病人似乎減少了很多。

○彼女は最近結婚したばかりだ。（時間副詞）／她剛結婚不久。

（2）有些時間副詞可以後續格助詞作各種成分作用。

○その人はさっきからここにいました。（作補語）／那個人從剛才就在那兒。

○お荷物はさきほどまで確かにここにございました。（作補語）

你的東西剛才還在這裡。

○さっそくお返事、ありがとうございました。（作連體修飾語用）

很快地收到您的回信，謝謝你了。

○せんだっての事はもう決まりましたか。（作連體修飾語）

前幾天談到的那件事，已經確定了嗎？

（3）有些時間副詞可以在下面接「だ」、「です」等作述語來用。

○昼飯まだ食べていません。（副詞）／還沒有吃午飯。

○ごはんはまだですか。（副詞作述語用）／還沒有吃飯嗎？

○バスはじき来ると思います。（副詞）／公車應該很快就會來了。

○お正月が過ぎれば春節はじきだ。（副詞作述語用）

過了1月，很快春節就到了。

○洋服が届いたのでさっそくきてみた。（副詞）／西裝送來了，立刻穿看看。

○さっそくだが、君に来てもらったわけは君におねがいしたいことがあるからなのだ。

（副詞作述語）／之所以趕緊請你來，是因為有事情要拜託你。

3 時間副詞的類型、用法

時間副詞從它們表示的意義來看，有以下幾種不同類型：

1 表示現在、過去、未來的副詞

I、表示現在的副詞有「今」、「現在」，它們都是從名詞轉化來的副詞。

1 いま（今） 有下面三種含義：

①表示剛過去的時間。相當於中文的**現在剛…、剛…**。

○今着いたばかりです。／現在剛到。

○今時計の針が十二時を打ちました。／現在剛好十二點整。

②表示不久的未來時間。可譯作中文的**現在、馬上**。

○今(いま)すぐ行(い)きます。ちょっとお待(ま)ちください。／現在就來，請稍等一等！

○今待(いまま)っていきます。／現在就拿去。

③表示現在這一時間，這時多與～としている相呼應來用。相當於中文的現在……。

○父(ちち)は今新聞(いましんぶん)を読(よ)んでいます。／父親現在正在看報紙。

○母(はは)は今食事(いましょくじ)の用意(ようい)をしています。／母親現在正在做飯。

2げんざい（現在(げんざい)）　與いま的③用法、含義相同，表示現在這一時間，也與～している～、しつつある等相呼應來用，但它是書面用語，多用在政治、經濟、科學、技術等文章、演講中。可使用いま。

○人類(じんるい)は現在(げんざい)（○今(いま)）南極(なんきょく)に進出(しんしゅつ)しつつある。

現在人類正在進入南極。

○現在(げんざい)（○今(いま)）日本(にほん)の商品(しょうひん)はたくさん台湾(たいわん)に輸入(ゆにゅう)している。

現在日本的商品大量進口到台灣。

II、表示過去的副詞　這一類副詞有以下幾種類型：

(一)表示剛剛過去的時間

常用的有：さっき、さきほど，另外還有さきごろ、このあいだ、せんだって。

1 さっき（先）、さきほど（先程）

兩者含義、用法相同，都相當於中文的剛才。但さきほど是比較鄭重的說法。

○さっき先生 はこう話しました。／剛才老師是這麼說的。

○さきほどお電話がございました。／剛才有一通您的電話。

2 さきごろ（先頃）、このあいだ（この間）、せんだって（先達て）

三者含義、用法基本相同，它們都表示剛剛過去的一段時間，但所指的是更之前的時間。相當於中文的**前些天**。

○このあいだ（○せんだって、○さきごろ）、お世話になりました。

前些天讓您幫忙了。

○せんだって（○このあいだ、○さきごろ）中村 さんに会いました。

前些天我遇到了中村。

(二)表示過去的最近一個時期

並且所講的動作或狀態，一直是繼續的。常用的有：ちかごろ、このごろ、最近等等。

1ちかごろ（近頃）、このごろ（この頃）、さいきん（最近）

三者的含義、用法大致相同，都相當中文的**最近**。

○ちかごろ（○このごろ、○最近）子供たちの体格がよくなった。

最近孩子們的身體好了起來。

○このごろ（○ちかごろ、○最近）毎日、雨が降り続いています。

最近每天不停地下雨。

○**最近**（○ちかごろ、○このごろ）彼には会っていません。／最近沒有見到他。

其中**最近**還可以用來講最近一個時期的某一個瞬間的動作。**ちかごろ、このごろ**則不能這麼用。例如：

○彼女は**最近**（×ちかごろ、×このごろ）結婚した。／她最近結婚了。

○李さんは**最近**（×ちかごろ、×このごろ）足をけがした。／李先生最近腳受傷了。

但值得注意的是：中文的**最近**與日本語的**最近**不完全相同。中文的**最近**還可以用來講未來的某一時間，而日本語的**最近**，只講過去的**最近**，而不能用來講**未來的最近**，這時一般用**近い**

うちに。例如：

○聽說最近要考試。

×最近試験があるそうです。（○ちかいうちに試験があるそうです。）

○我最近打算去一趟台南。

×最近一度台南へ行くつもりです。（○ちかいうちに台南へ行くつもりです。）

其中值得注意的是：このごろ與このころ形態、發音近似，但含義不同：このごろ表示過去的**最近**；而このころ即表示**這一時候**。例如：

○一九九〇年父が亡くなった。兄が学校をやめて労働者になったのはこのころである。／一九九〇年父親去世了。此時哥哥還退學當了工人。

（三）表示過去較久的時間

常用的有：とっくに、とうに、とうから等

1 とっくに、とうに　兩者含義、用法基本相同，都相當於中文的**很早**……、**早**……。兩者可互換使用。

○用意はとっくに（○とうに）できています。／早就準備好了。

○宿題（しゅくだい）は**とっくに**（○**とうに**）済（す）んだ。／作業早就作完了。

2とうから　與とっくに、とうに稍有不同，表示從很早以前就一直…，如早就知道了解等。相當於中文的從很早以前就…。

○とうから彼（かれ）に会（あ）いたいと思（おも）っていた。／我早就想見他一面了。

○そんなことは**とうから**気（き）がついていたのだ。／那件事情，我很早就發現了。

III、表示未來的副詞

(一)表示較近的未來的時間

常用的有：のちほど、そのうち、ちかいうちに、いまに**等**。

1のちほど（後程（のちほど））指含糊的**今後**。相當於中文的**今後**、**以後**。

○**のちほど**また伺（うかが）います。／之後會再來拜訪您。

○**のちほど**これを詳（くわ）しく説明（せつめい）いたします。／之後我再做詳細地說明。

2そのうちに（その中（うち）に）、ちかいうちに（近（ちか）い中（うち）に）

兩者基本相同，都屬於中文的**過幾天**、**最近**。

○**そのうち**（○**近いうち**）また伺います。／過幾天我再去拜訪您。

○今日はもう遅くなったから帰りますが、**そのうち**(○**近いうちに**)また遊びにきます。今天已經很晚了，我要回去了，過幾天我再來玩。

3いまに（今に） 表示在不久的未來，相當於中文的**不久**、**早晚**。

○**いまに**返すよと言ったきり返さない。／他說不久就會還給我，可是一直沒有還。

○このまま無理を続けると、**いまに**病気になってしまいます。

這樣硬撐的話，早晚會病倒的。

值得注意的是：いま、いまに、いまにも三者形態近似，很容易混淆，但它們的含義、用法不同。

①いま 相當於中文的**現在**

○**います**ぐまいります。／現在就去。

②いまに 相當於中文的**不久**、**早晚**。

○**いまに**分かります。／不久就會知道了。

○**いまに**私の言った通りになります。／早晚一定會像我說的那樣。

③今にも 多用いまにも～そうだ句式，表示眼看就要…。相當於中文的**眼看就要…**。

○いまにも家が倒れそうだ。／眼看房子就要倒了。

○急に空が曇ってきて今にも雨が降り出しそうだ。

天空突然陰了起來，眼看就要下雨了。

(二)表示較遠的未來時間

只有一個自名詞轉化而來的副詞**將來**。

しょうらい（将来）　相當於中文的**將來**。

○将来何になろうと思いますか。／將來你想作什麼？

○将来、電子工業がもっと発展するだろう。／將來電子工業會有更進一步的發展。

[2]表示動作完成與否的動詞

Ⅰ、表示動作已經完成

常用的有もう、すでに

もう　すでに（既に）　兩者含義、用法基本相同，多修飾動詞，用～た、～している等結句，表示動作已經完成。只是すでに是書面用語，比較鄭重，もう是口語，輕鬆一些。都相當於中文的已經。

〇仕事はもう（〇すでに）済んだ。／工作已經作完。

〇私が学校に着いたとき、もう（〇すでに）授業が始まっていた。

我到學校的時候，已經開始上課了。

II、表示動作尚未完成

常用的有まだ、いまだ

まだ（未だ）、いまだ（今だ）兩者含義、用法基本相同，多修飾動詞並且用～ない、～していない，有時也用～している結句，表示動作尚未完成。只是いまだ是書面用語，語氣鄭重，まだ是口語，比較輕鬆常用。都相當於中文的**還未**、**尚未**。

它們與もう、すでに的關係是：

もう↓まだ

すでに↓いまだ

もう與まだ，すでに與いまだ分別是反義詞。

◯仕事(しごと)はまだ（◯いまだ）終(お)わらない。／工作還沒作完。

◯会議(かいぎ)はまだ（◯いまだ）始(はじ)まっていない。／會議還未開始。

◯試合(しあい)はまだ（◯いまだ）続(つづ)いている。／比賽還在繼續。

上述もう、すでに，及まだ、いまだ還可以修飾形容詞、形容動詞以及名詞。例如：

◯もう手遅(ておく)れだ。／已經晚了。

◯まだまだ大丈夫(だいじょうぶ)だ。／還可以。

◯もうだめだ。／已經不行了。

◯まだあきらめるのは早(はや)い。／現在放棄還為時過早。

◯もういいか。／已經好了嗎？

◯まだまだだよ。／還早呢。

3 表示動作頻度的副詞

它有兩種類型：

I、表示不停頓的副詞

常用的有：たえず、ひっきりなしに，**兩者是從動作是否停頓這一角度來講的。**

1たえず（絶えず） 經常以～る、～している形式結尾，表示某種動作、活動不間斷地進行。它是毫不停頓地一直繼續著的。相當於中文的**不停地**。

○地球は絶えず回っている。／地球不停地在轉動。

○工事現場の騒音が絶えず聞こえる。／不停地傳來工地上的吵雜聲。

2ひっきりなしに 與たえず大致相同，也多是以～る、～している形式結句，表示某種動作、活動不停地進行。但它的所謂不停是動作與動作之間可以有些間隔。也相當於中文的**不停地**。

○彼はさっきから、ひっきりなしにしゃべっている。／他從剛才就一直不停地在講話。

○自動車はひっきりなしに家の前を通る。／汽車不停地從房子的前面經過。

II、表示經常的副詞

常用的有：しじゅう、しょっちゅう、ねんじゅう。它們是從時間這一角度來講的。

1しじゅう（始終） 它表示始終、一直是如何如何。相當於中文的**經常**、**總是**。

○あの人は始終ぶらぶら遊んでいる。／他經常是閒著的。

○始終このたばこをのんでいるので、外のたばこはのみたくない。

常抽這種煙，不想換別的。

2ねんじゅう（年中） 它的基本含義表示一年到頭、成年累月，引申作為しじゅう的意思來用，表示**經常**，也相當於中文的**經常**、**總是**。可與しじゅう互換使用。

○あの人はなまけ者で、年中（○しじゅう）ぶらぶらしている。

他是個懶人，經常是閒著的。

○弟は朝起きるのが遅いので、年中（○しじゅう）学校におくれている。

弟弟早上起得晚，上學總是遲到。

3しょっちゅう 也相當於中文的**經常**、**總是**、**老是**。但它含有次數之多的語氣。

○兄弟二人はしょっちゅう喧嘩をする。／兄弟兩人經常吵架。

○この地方はしょっちゅう雨が降る。／這個地方經常下雨。

以上幾個表示頻度的副詞，一般只修飾動詞，不能修飾形容詞、形容動詞，同時也不能修飾否定表現的詞語。例如：

×たえずきれいだ。

×彼女はしょっちゅう美しい。

×彼の成績はしょっちゅうだめだ。

但しょっちゅう、しじゅう、ねんじゅう也有下面這樣例外的情況。

○私はしょっちゅう忙しい。／我經常很忙。

○彼はしょっちゅう暇がない。／他老是沒有空。

○農家は年中忙しい。／農家一年到頭都很忙。

4 表示時間相隔不久的副詞

它有三種類型：

I、表示立刻的副詞

常用的有：すぐに、じきに、ただちに、たちどころに，**表示立刻進行或出現某動作。**

1すぐに（直ぐに） 它多用於人們有意識進行的動作、行為，表示時間間隔不久立刻進行某種動作、活動。相當於中文的**立刻**。

○電話をすればすぐ来るよ。／電話一撥他很快就會來喔！

○いますぐ帰ります。／現在就回去。

個別時候也用來講動、植物以及自然現象，但使用的時候不多。

○晴れたかと思うと、すぐ曇った。／天才剛剛放晴，立刻又陰了。

○切っても切ってもすぐまた枝が伸びる。／剪掉了幾次，立刻又長出了新枝。

2じき（に）（直き（に））

與すぐに的意思大致相同，也表示時間間隔不久，立刻就進行某種活動。也相當於中文的**立刻、很快**。

○じき参ります。／我立刻就去。

○ちょっとそこまで。じき戻ってきますから、待ってください。

我到那裡一趟，立刻就回來，請稍等一等！

它也可以用於一些事物方面。可譯作**很快**。

○バスは<u>じき</u>来る（く）と思（おも）います。／我想公車很快就會來。

○いま、薬（くすり）を飲（の）めば、<u>じき</u>治（なお）ります。／現在吃藥的話，很快就會好起來的。

但它的用法比**すぐに**要快。**すぐに**可以用於希望、命令、禁止命令的句子裡，但じきに不能用在這類句子裡。例如：

○出（で）かけてもいいが、<u>すぐ</u>（×じき）帰（かえ）ってきてください。

你可以出去，但很快就得回來！

○遭難者（そうなんしゃ）が<u>すぐに</u>（×じきに）見（み）つかればいいが。／能立刻發現遇難的人就好了。

すぐに、じきに除了表示時間的**立刻**以外，還可以用來表示場所的**靠近**，當然這時則不再是時間副詞。例如：

○<u>すぐ</u>そこの店（みせ）で買（か）ったのです。／在那附近的商店買的。

○駅（えき）までは<u>じき</u>です。一人（ひとり）で行（い）けます。／車站很近，一個人去沒問題。

3ただちに（直（ただ）ちに）

在表示立刻進行某種活動這一點上與すぐに、じきに基本相同，可換用すぐに、じきに，

也相當於中文的**立刻**、**馬上**。

但它與すぐに、じきに不同的是：前後兩個動作間沒有絲毫時間間隔，**立刻**如何如何。

○準備ができたら、ただちに（○すぐに）出発する。／做好了準備，立刻就出發。

○事故で負傷した人たちはただちに（○すぐに）病院に運ばれた。

因事故而受傷的人，立刻被送往醫院了。

4たちどころに（立ち所に）

基本上與ただちに含義、用法相同，也表示**立刻**、**馬上**如何如何，可換用ただちに。

但它與ただちに不同的是：ただどころ只限於用在前後兩個動作在同一個時間點裡才能夠使用。例如：

○注射一本でたちどころで（○ただちに）痛みが消えた。

打一針，疼痛立刻就消失了。

○どんな難しい問題を出しても、たちどころで（○ただちに）答えられる。

不論提出什麼困難的問題，他都可以立刻回答。

如果前後兩個動作不是在同一時間點裡，可以用ただちに，而不能用ただどころ，因此下面的句子不能用たちどころに。

×準備ができたら、たちどころに出発する。

すぐに、じきに與ただちに、たちどころに不同的是：すぐに、じきに兩者表示前後兩個動作時間間隔不久，立即進行後一個動作，而ただちに、たちどころに則表示前後兩個動作之間絲毫沒有時間間隔**立刻**如何如何。因此如果有時間間隔時，可用すぐに、じきに，而不能用ただちに、たちどころに。例如：

○日本語なんかすぐ（×ただちに、×たちどころに）話せるようになるさ。

像日本語之類的，很快就會說的。

○病気はじきに（×ただちに、×たちどころに）治るだろう。／病很快就會好的。

II、表示趕快的副詞

常用的有：さっそく、そくざに

1さっそく（早速）

它也表示時間間隔得不久，趕快進行某一動作、活動，但它多用來講人們有意識的動作行為，表示某種條件成立後，趕快進行另一活動、行為，並且所進行的活動、行為多是人們希望實現的事情、情況。相當於中文的**趕快**、**趕忙**。

○新しい本が来たというので、さっそく買いにいった。

聽說新書來了，趕快跑去買。

○手紙をもらったので、さっそく返事をかいた。／接到來信，趕緊回覆。

但它和すぐに、じきに不同：

すぐに、じきに可以用來講不得已進行的活動、行為，而さっそく則不能這麼用。因此下面的句子可以用すぐに、じきに，而不能さっそく。例如：

○雨が降り出したので、すぐ（×さっそく）帰ってきた。

因為下起了雨，所以立刻就回來了。

すぐに、じきに可以用來講自然現象，而さっそく則不能用於自然現象。例如：

○日が出たかと思うと、すぐ（×さっそく）くもった。

太陽剛一露臉，接著馬上又陰了起來。

2 そくざに（即座(そくざ)に）

它與さっそく用法基本相同，也多用來講人們有意識的活動、行為，表示某種條件成立之後，**立刻**進行另一種活動、行為，並且所進行的活動、行為是人們所希望實現的事情、情況。但它強調**當場**、**當面**。相當於中文的**當場**、**當面**、**馬上**等。

○商談(しょうだん)がまとまってそくざに契約(けいやく)を結(むす)んだ。／生意談妥了，當場簽訂了合約。

○日本(にほん)に関(かん)する問題(もんだい)を聞(き)かれたら、彼(かれ)は何(なん)でもそくざに答(こた)えてくれます。

不管問他任何有關日本的問題，他都能當面回答。

III、表示不久的副詞

常用的有：まもなく、ほどなく、やがて

1 まもなく（間(ま)もなく）、ほどなく（程(ほど)なく）

兩者含義、用法基本相同，只是ほどなく多用比較鄭重的談話裡。兩者都表示沒隔多少時間，很快、不久就如何如何。它們既可以講過去的事情，也可以講未來的事情；既可以講人們的意志行為，也可以講非意志行為或自然現象。相當於中文的**不久**、**很快**。

○彼は大学を卒業して**まもなく**結婚した。／他大學畢業以後，不久就結婚了。

○もう三月だ。**まもなく**桜が咲くだろう。／已經三月了，櫻花不久就會開了。

○中山先生は定年で退職をしてから、**ほどなく**亡くなりました。

中山先生退休之後，不久就去世了。

2 やがて（軈て）

也表示沒隔多久時間，**不久**就如何如何，也是既可以講未來的事情，也可以講過去的事情。既可以講人們的意志，也可以講人們的非意志活動或自然現象等，這點和まもなく、ほどなく相同，但やがて含有現在的這一狀態繼續下去，**不久**將如何如何。相當於中文的**不久**、**即將**。

○彼は**やがて**帰ってくるだろう。／他不久就會回來的。

○私は**やがて**日本へいきます。／我不久就會去日本。

如果沒有現在這一狀態繼續下去的情況下，可用**まもなく**，而不能用**やがて**。例如：

○**まもなく**（×やがて）二番線に下り電車がはいります。

不久下行的電車就會進入第二月台。

5 表示迅速變化的副詞

這類副詞並不是純粹的時間副詞，一般多表示短時間內事物情況的變化，因此也可以說是一般情態副詞的一種。

常用的有：たちまちに、あっというまに、みるみる、みるみるうちに、みるまに。

1 たちまち（に）（忽(たちま)をに）（忽(たちま)ちに）

它表示某種情況**沒有多久工夫**、**很快**就發生變化，這種變化都是在同一時間裡可以看到的、聽到的或感到的，並且含有驚嘆的語氣。都相當於中文的**沒有多久工夫**、**很快**。

○山(やま)のように積(つ)んであった品物(しなもの)がたちまち売(う)り切(き)れてしまった。
　堆積如山的商品很快就賣完了。

○その建物(たてもの)はたちまち猛火(もうか)に滑(な)め尽(つ)くされた。
　那座樓房沒有多久就被大火燒光了。
　有時也用於比喻，這時雖不是發生在同一時間，但用來比喻**很快**。

○彼(かれ)はその小説(しょうせつ)を発表(はっぴょう)してたちまち有名(ゆうめい)になった。

他出版了那部小說，很快就出了名。

2 あっというまに（あっという間に）

也表示很快地，即在很短的時間裡某種情況發生了變化。但它與たちまち不同的是：あっというまに所發生的變化不一定是在同一場面裡，也可以用來表示不同場面裡發生的變化；其次比**たちまち**時間還要短，有**一眨眼**的意思。相當於中文的**一眨眼、轉瞬間**。

○ここに置いていたカバンがあっという間になくなった。

放在這裡的手提包一眨眼就不見了。

○飛んでいる燕があっという間に見えなくなった。

飛翔的燕子，一眨眼就看不見蹤影了。

但在現實語言生活裡，也可以作為比喻，表示較短的時間裡（如幾天、幾個月，甚至幾年）的變化。這是一種描寫，雖然時間較長，但講話的人主觀上認為這一時間只是**一瞬間**、**轉瞬間**而已。例如：

○大学の四年間もあっという間に過ぎてしまった。／大學四年轉瞬間也就過去了。

たちまち（に）比あっという間に時間要長一些，因此下面的句子則不能互換使用。

○あの映画が放映されてから、彼女はたちまち（×あっというまに）有名になった。
那部電影上映後，她很快就出名了。
○ここに置いたカバンがあっという間に（×たちまち）なくなった。
放在這裡的手提包一眨眼就不見了。
前一句之所以用たちまち是因為出名要有一段時間過程，而不會一眨眼就出了名；後一句用あっという間に表示稍一不注意、一眨眼就丟了，而沒有一段時間過程，因此不用たちまち。

3みるみる（見る見る）、みるみるうちに（見る見るうちに）、みるまに（見る間に）

三詞和たちまち（に）相近似，表示在很短的時間裡情況的變化。但和たちまち（に）不同的是：たちまち（に）表示看到的、聽到的或體驗到的變化；而みるみる等三句只表示在很短時間裡看到的變化，因此沒有たちまち（に）使用範圍那麼廣。所以用みるみる、みるみるうちに、みるまに的句子基本上可換用たちまちに。相當於中文的**眼看著**。
○火はみるみる（○みるみるうちに、○みるまに）ひろがった。
火勢眼看著就要蔓延開了。

○血がたくさん出て顔色がみるみる（○みるみるうちに、○みるまに）青くなっていった。

流了許多血，眼看著臉色變得慘白。

上述兩個句子都可以換用たちまち：有時有みるみる等主詞的句子，也可以換用あっというまに。例如：

○アメリカの潜水艦にやられた阿波丸はみるみる（○あっというまに、○たちまち）沈んでしまった。

遭到美國潛水艦襲擊的阿波丸眼看著就要沉沒了。

可是用たちまち（に）、あっというまに的句子，如果不是眼看著的變化時，則不能換用みるみる、みるまに、みるみるうちに的。例如：

○空が暗くなったかと思うと、たちまち（×みるみる）雨が降り出した。

天剛暗了下來，馬上就下起雨了。

○あいつはあっというまに（×みるみる）、どこかへ消えてしまった。

轉瞬間，不知道他就跑到哪裡去了。

6 表示突然與漸漸的副詞

這類副詞也不是純粹的時間副詞，一種是表示動作、現象突然出現的副詞；另一種則是表示動作、現象漸漸出現的副詞，因此也可以視它們是一般情態副詞的一種。

I、表示突然動作的副詞

常用的有：きゅうに、とつぜん、ふいに、いきなり**等。它們都表示動作、現象出現在短時間裡，因此是突然的。**

1きゅうに（急に） 表示某種客觀情況或某種自然現象在短時間內毫無徵兆地突然出現，或某人事先不打招呼地突然有意識地或無意識地做出某種動作。相當於中文的**突然**。

○空が急に曇って雨が降り出した。／天空突然陰了起來，下起了雨。

○冬が過ぎて急に暖かくなってきた。／冬天過去了，天氣突然暖和了起來。

○急に帰り支度を始めてあわただしく引きあげた。

突然開始做回去的準備，匆匆忙忙地趕回去了。

2とつぜん（突然） 也表示某種事物的突然出現，或人們突然有意識地或無意識地做出某種動作。這一點與急に相同，但**突然**表示**轉瞬間**（不是較短時間）的急劇變化或轉瞬間**突然**做出某種動作。相當於中文的**突然**。

○自動車は**突然**急スピードで走り出した。／汽車突然快速地跑了起來。

○**突然**停電したので、部屋はまっくらになった。／突然停電了，房間漆黑一片。

○**突然**お邪魔いたしましてご迷惑をかけました。／突然打攪你，給你添麻煩了。

3ふいに（不意に） 表示事前沒有任何預兆突然出現某種情況，或者事前沒有打招呼突然有意識地做出某種動作，這一點與急に、**突然**相同。不同的是：這種突然出現的情況或做出的動作會給旁人帶來麻煩，使人感到吃驚，不知如何是好。相當於中文的**突然**、**猛然**、**冷不防**、**一下子**等。

○ふいにバスが動き出したので将棋倒しになった。

公車猛然開動起來，乘客一個壓一個地倒了下去。

○よく知らないことをふいに先生に聞かれて困った。

被老師突然一問，真不知道怎樣回答才好。

○暗闇からふいに人が現われたのでびっくりした。

從暗處突然跳出一個人來，我嚇了一跳。

4 いきなり 也表示突然、猛然，但它多用來表示事先不打招呼**突然**有意識地作出某種動作、活動，而不能用來表示無意識的動作、活動，這點和前三詞不同。而這樣做出動作，是動作對象或第三者未曾料到的。相當於中文的**突然**、**冷不防**。

○彼は家の中からいきなり飛び出してきた。／他突然從房間裡跳了出來。

○議論しているうちに、彼はいきなり相手の胸倉をとった。

爭論中，他冷不防地抓住了對方的衣襟。

也有下面這種情況，表示某一自然現象的**突然**出現，當然這時不是有意識的動作，但它是比喻性的說法。

○戸を開けた拍子にいきなり雪が吹きこんだ。／一打開門，冷不防地雪就吹了進來。

II、表示現象逐漸出現的副詞

常用的有：だんだん、しだいに等。它們都表示動作、現象逐漸出現。因此它們是急に、突然（とつぜん）等的反義詞。

1だんだん　表示某種現象、情況逐漸出現，它是口頭用語，使用機會較多。相當於中文的**逐漸**、**漸漸**、**越來越…**。

〇三月（さんがつ）に入（はい）ると、だんだん暖（あたた）かくなってきた。

一進入三月，天就漸漸暖和了起來。

〇年（とし）を取（と）るにつれて、だんだん体（からだ）が弱（よわ）ってきた。

隨著年紀大了，身體越來越弱了。

2しだいに　與だんだん的含義、用法基本相同，也表示情況逐漸變化，只是它是書面用語，使用機會略少了一些。也相當於中文的**漸漸**、**逐漸**。可換用だんだん。

〇しだいに（だんだん）夜（よ）が明（あ）けた。／天漸漸亮了。

〇読（よ）んでいるうちにしだいに（〇だんだん）興味（きょうみ）がわいてきた。

看著看著，就逐漸有了興趣。

第三章 情態副詞（三）──其他情態副詞、指示副詞

1 其他的情態副詞

情態副詞除了上述擬聲擬態副詞、時間副詞以外，還有一些不屬於上述兩類的情態副詞，下面概略地介紹一些常用的其他情態副詞。

1 表示最後、終於的副詞

常用的有：とうとう、ついに**等。**

1 とうとう（打頭） 表示經過一定過程終於出現了某種情況或達到了某種目的。它是口語，使用的機會較多。相當於中文的**終於**。

○研究は十年も続いたが、とうとう成功した。／研究了十年，終於成功了。

○色々考えてとうとう答えることができた。／反覆地思考，終於答出來了。

○一時間以上も待ったが、とうとう来なかった。／等了一個多小時，他終究沒有來。

2 ついに（遂に） 與とうとう含義、用法基本相同，也表示經過一定過程終於出現了某種情況或達到了某種目的，但它是書面用語，使用的機會較少，基本上可換用とうとう。相當於中文的**終於**。

○あんなに丈夫だった彼も、ついに（○とうとう）病気でたおれてしまった。

他那麼健康，終於也是病倒了。

○何度も電話をかけたのに、彼はついに（○とうとう）来なかった。

打了幾次電話，他終究還是沒有來。

② 表示日益增加的副詞

常用的有：ますます、いよいよ**等。**

1 ますます（益益） 多用來表示情況越來越嚴重。相當於中文的**越來越…**、**日益**、**越發**。

○この二、三年来、公害はますますひどくなってきた。

這兩三年來，公害越來越嚴重了。

○彼の説明を聞いてますます分からなくなった。／聽了他的解釋，我越發不懂了。

2 いよいよ（愈愈）　它有下面三種含義：

①與ますます含義、用法相同，表示情況越來越…。相當於中文的**越來越…、越發…**。可換用ますます。

○雨がいよいよ（○ますます）激しくなってきた。／雨越來越大了。

○病気がいよいよ（○ますます）重くなった。／病越來越重了。

②與とうとう、ついに含義用法相同，表示終於出現了某種情況、達到了某種目的。相當於中文的**終於**。可換用とうとう。

○いよいよ（○とうとう）台風が上陸した。／颱風終於登陸了。

○来週はいよいよ（○とうとう）日本に行くことになりました。

下週終於要去日本了。

③與ほんとうに含義相同，表示實在是……。相當於中文的**真……**。

○お金がすっかりなくなって、いよいよ困ってしまった。／錢全丟了，實在是傷腦筋。

③表示巧與不巧的副詞

常用的有：あいにく、おりよく**等。**

1あいにく（生憎）　表示在要做某種事情時，很不巧出現了意想不到的負面情況。相當於中文的**不巧**。

○ただいまあいにく開いているテーブルがございません。／不巧，現在沒有空桌。

○手紙をいただいてから、すぐ返事をかこうと思ったが、あいにく風邪をひいて一週間ばかりねていたものだから、ついに遅くなってすみません。

接到信後，我想立刻給您回覆，可是不巧感冒躺了一個星期，所以延誤了回信的時間，很對不起。

2つごうよく（都合よく）、おりよく（折りよく）

兩者含義、用法基本相同，可互換使用，都是ちょうどいいときに的意思，表示在做某種事情時剛好遇到了較好的情況。相當於中文的**剛巧**、**碰巧**。

○今日は**都合よく**（○**おりよく**）家にいたので、彼に会えた。

今天碰巧在家，才見到了他。

○プラットホームにかけあがったとき都合よく（○おりよく）電車がホームには入ってきた。／我到月台的時候，剛好遇到電車進了站。

4 表示反覆、交替動作的副詞

常用的有：くりかえしくりかえし、かさねがさね、かえすがえす、かわるがわる。

1くりかえしくりかえし（繰り返し繰り返し）

與なんども的意思相同，表示反反覆覆多次地活動。它是口語，使用時機較多。相當於中文的**屢次、多次、反覆多次**。

○くりかえしくりかえし注意したが、ちっとも効果はなかった。

反覆多次提醒他，可是一點效果也沒有。

○くりかえしくりかえし練習したから、ずいぶん上手になった。

反覆多次練習，進步多了。

2かさねがさね（重ね重ね）

表示反反覆覆多次進行某種活動，但它是書面用語，多用於較鄭重的場合，也相當於中文的**屢次、多次**。

○かさねがさねお世話になりました。／多次讓您關照了。

○かさねがさねご迷惑をおかけしてすみません。

屢次打擾您，很對不起。

由多次、屢次引申表示深深、再三。

○かさねがさねお詫び申しあげます。／我深表歉意。

3かえすがえす（も）　它也是書面用語，多用於比較鄭重的場合。

基本含義與何度も的意思相同，表示多次進行某種活動，但含有多次誠心誠意的意思。也相當於中文的**屢次、多次、反覆地**。

○かえすがえすも残念だ。／怎麼想也感到遺憾。

○かえすがえすお大事に…／再三懇切地，請您多保重身體。

かさねがさね用來表示深深、真是、實在是。

○見に行けなかったのはかえすがえす（も）残念だった。

沒能去看，實在是太遺憾了。

○事業半ばにして倒れるなどということはかえすがえす（も）遺憾である。

事業未竟而中道喪亡，實在是遺憾之至。

4 かわるがわる（代わる代わる）　它與前三詞含義不同，表示兩個以上的人或事物交替進行某種活動。相當於中文的**輪流、輪班**。

○学生たちはかわるがわる立って自分の意見を発表した。

學生們輪流站起來發表自己的意見。

○わたしが入院しているあいだ李くんと孫くんとはかわるがわる看護してくれた。

我住院期間，李同學和孫同學輪流照顧我。

○総務課の人々はかわるがわる当直することになっている。

總務課的成員輪流值班。

5 表示事先的副詞

常用的有：「かねて」、「前もって」等。

1 まえもって（前もって）

①表示過去對某種事情、活動有意識地事先作好準備。相當於中文的**事先**、**預先**。這時也可換用かねて。

○まえもって（○かねて）独唱を準備しておいたが、時間が足りなかったので、出演できなかった。／事先我準備了獨唱，可是因為時間不夠所以無法演出。

○まえもって（○かねて）ご連絡いたしておりましたとおり、今日の午後日本の電子工業についてお話しいただきます。

如之前與您連絡時所述，今天下午請您為我們講解日本電子工業的狀況。

②表示對未來的事情事先有意識地作好準備。也相當於中文的**事先**、**預先**。但**かねて**沒有這一含義、用法，因此不能用**かねて**。

○地震をまえもって（×かねて）測知できればいいなあ。

要是事先能夠偵測出地震就好了。

○まえもって（×かねて）イオウを除去しなければならない。／必須先脫硫。

2かねて

③表示動作主體過去對某種事情有意識地作了準備或進行了某種活動。也相當於中文的事先、預先。

一般可以換用まえもって，但由於かねて是書面用語，因此在比較鄭重的敬語中則很少換用まえもって。

○かねて（?まえもって）お電話いたしました王でございます。

我是剛才打電話來的王。

○かねて（?まえもって）申しあげておきましたとおり、明日は会社の旅行でありますから、そのつもりでご準備をおねがいします。

已事先說明過了，明天要員工旅遊，請做好準備。

④表示動作主體過去並非有意識地、並非主動地了解到某種情況。大致相當於中文的**以前、老早**。まえもって沒有這一用法。

○その映画は**かねて**聞いていたよりよかった。／那部電影比以前聽到的要好。

○**かねて**お噂には伺っておりましたが、お目にかかるのは今日が始めてでございます。

／我過去已久仰大名，可是今天是第一次見到您。

6 表示自然地副詞

常用的有：ひとりで（に）、**自然に**（と）

1ひとりでに　表示不受外力的影響自然地如何如何。相當於中文的**自動地**、**自然地**、**不由得**。

○そのドアは前に立つとひとりでに開く。／只要在那個門前面一站，門就會自動打開。

○その事を思うと、ひとりでに笑えてくる。／一想起那件事不由得就笑了出來。

○大した病気でもないから、放っておいてもひとりでに治るそうだ。

據說不是什麼大不了的病，不治療也會自然痊癒。

2しぜんに（と）（自然に、自然と）

自然に、**自然と**兩者含義。用法基本相同，與ひとりでに很近似，但並不相同。它們表示根據客觀規律自然而然形成某種情況。相當於中文的**自然而然**、**自然**。由於和ひとりでに含義不同，一般不能換用ひとりでに。

○大勢の人の前に立つと、自然に（×ひとりでに）顔が赤くなってしまう。

我在眾多人面前一站，臉不由得（自然）就紅了起來。

○蛙は習わなくても自然に（×ひとりでに）泳げるようになる。

青蛙即使不學也自然會游泳。

上述兩個句子用ひとりでに則不夠合適。但像下面這兩個句子，有時也可以換用ひとりでに。

○ドアが自然に（○ひとりでに）閉まった。／門自動地關上了。

○病気は自然に（○ひとりでに）治った。／病自然而然地好了。

7 表示各個的副詞

常用的有：めいめい、それぞれ、おのおの等。

1 めいめい（銘銘）　它是口語，只能用來講人的動作活動，表示每個人如何如何。

相當於中文的**每人、每個人**。

○切符は**めいめい**買ってください。／請每個人拿著自己的車票！

○食べものでも**めいめい**好きなものが違います。

即使是吃的東西，每個人的喜好也是不同的。

○**めいめい**自分のことしか考えず、人のことはかまわないということではいけない。

我們不能只想到個人的事，而不管旁人。

2おのおの（各各） 與めいめい含義、用法相同，表示每個人如何如何，這時可換用。

○旅費は**おのおの**（○めいめい）二万円ずつ用意しなさい。

請每個人準備兩萬日元旅費！

但它是書面用語，比較少用。相當於中文的**每人、每個人**。

○人には**おのおの**（○めいめい）長所もあるし、欠点もある。

人——有優點也有缺點。

它還可以用來講其他動物，表示每一個其他的動詞。**めいめい**不能這麼用。

○昆虫は**おのおの**（×めいめい）六本の脚をもっている。／一隻昆蟲有六條腿。

3それぞれ（其れ其れ）　它是口語，既可以用來講人，表示每個人，這時可與めいめい、おのおの通用；也可以用於物（包括地點），表示每個東西，這時不能與めいめい、おのおの通用。相當於中文的各自、每個人、各各、各…各…。

○人はそれぞれ（○めいめい）考えが違う。／每個人的想法不同。

○兄弟でもそれぞれ（○めいめい）性質がちがう。

即使是兄弟，每個人的性格也不同。

○肺、胃、腸はそれぞれ（×めいめい）異なる機能をもっている。

肺、胃、腸每個器官都具有不同的功能。

○一九四五年アメリカは広島と長崎とにそれぞれ原子爆弾一個を投下した。

一九四五年美國在廣島和長崎各投下了一枚原子彈。

8 表示無意識動作的副詞

常用的有：つい、うっかり、おもわず、しらずしらず等。

1つい　表示由於自己不夠注意，或由於自己養成的習慣，或由於某一條件反射，無意識地、不自覺地做出了自己不想做的事情。相當於中文的**不由得**、**不知不覺地**。

○あんまり疲れていたので、テレビを見ているうちについうとうとした。

過度疲勞，看著電視不知不覺地就睡著了。

○怒ってはいけないと思いながら、つい怒鳴ってしまった。

我也知道不要生氣，但不由得就吼了出來。

○話しているうちについ余計なことをしゃっべってしまった。

說著說著，不由得就講了一些多餘的閒話。

2うっかり 表示由於粗心大意、不注意、不留神就作出了自己不想做的動作或事情。相當於中文的**不注意**、**馬馬虎虎**、**粗心大意**。

○ペンキ塗りたてなのを忘れてうっかり触ってしまった。

忘記了剛剛塗上指甲油，不小心就碰到了。

○六時に電話をする約束なのをうっかり忘れた。

我不小心竟忘了六點要打電話的約定。

有時也用**うっかり**作連用修飾語，意思相同於**うつうつ**。

○うっかりして切手を貼らずに手紙を出した。

一不留神，沒有貼郵票就把信寄出去了。

○うっかりして試験の答案に名前を書くのを忘れてしまった。

迷迷糊糊地竟忘記在答案卷上寫名字了。

3 おもわず（思わず）

它也表示條件反射地做出某種動作、活動，但它多用來表示接觸到某一具體東西、具體的場面，一瞬間地做出某種動作，因此它是一次性的條件反射行為。相當於中文的**不由得**。

○びっくりして思わずコップを落としてしまった。

大吃一驚，不由得打翻了杯子。

○あんまり怖かったので、思わず「助けて」と叫んだ。

因為太害怕了，不由得喊著「救命！」

○駅のホームに降りたつと、空気がひんやりと冷たく、わたしは思わずコートの襟をたてた。

下了車在月台上，空氣涼颼颼的，我不由得就把大衣領子豎了起來。

4しらずしらず（知らず知らず）

表示在進行某一動作、活動的過程中，無意識地作出了另外的動作，或在自己沒有感覺的過程中就出現了意想不到的情況。相當於中文的不知不覺地。

○映画を見ているうちに知らず知らず涙ぐんでしまった。

看著電影，不知不覺地就流下了眼淚。

○散歩しているうちに知らず知らず公園の前まできてしまった。

走著走著，不知不覺地就走到公園前了。

○あんまり運動しなかったので、知らず知らずのうちに太くなってきた。

因為不太運動，不知不覺地就胖了。

2 指示副詞

1 指示副詞的類型

它有兩種類型：

I、是こう、そう、ああ、どう，它們是從指示代名詞これ、それ、あれ、どれ轉化而來的副詞，仍屬於「こ、そ、あ、ど」指示體系。例如：

○こうなることは初めから分かっていた。／從一開始就知道要這樣的。

○あの人もああ忙しくては本を読む暇もないでしょうか。

他也是很忙所以沒有看書的時間嗎？

上述句子中的こう、ああ都是指示副詞。

II、是こんなに、そんなに、あんなに、どんなに。它們是從特殊型形容動詞（有人稱之為連體詞）「こんな」、「そんな」、「あんな」、「どんな」轉化而來的副詞。例如：

○この本はそんなに難しくないから、一度読んでみなさい。

這本書不難，你看一看！

○どんなに狭くても、やっぱり自分のうちがいちばんいい。

無論空間多麼狹窄，還是自己家好。

上述句子中的そんなに、どんなに也都是指示副詞。

2 指示副詞的特點

I、都可以修飾動詞、形容詞、形容動詞

○こう寒くてはたまりません。／這麼冷受不了。

○ああ働いては体を壊します。／那樣工作是會把身體弄壞的。

○こんなに大きな被害をもたらした台風は少ない。
帶來這麼大災害的颱風是很少見的。
○あんなに謝っているのだから許してやってください。／他那樣道歉，你就原諒他吧！

II、こう、そう、ああ、どう**可以後續指定助動詞「だ」、「です」構成述語來用；**こんなに、そんなに、あんなに、どんなに**不能後續「だ」、「です」。**

○その理由はこうです。／理由是這樣的。
○きみ、たばこはどうですか。／你抽煙嗎？

III、こう、そう、ああ、どう**可以接後續格助詞「と」，但使用的時候不是很多。**こんなに、そんなに、あんなに、どんなに**不能接後續助詞「と」。**

○こうと知ったら、言うのじゃなかった。／要早知道會這樣，我就不說了。
○そうとは知りませんでした。／我不知道是那樣的。

Ⅳ、こう、そう、ああ、どう可以後續「いう」構成こういう、そういう、ああいう、どういう作連體修飾語來用，表示「這樣的」、「那樣的」、「那樣的」、「怎樣的」，但它們語氣比較鄭重，對聽話者比較恭敬。

○こういう結果（けっか）になるとは思（おも）いませんでした。／我沒有想到會是這種結果。

○どういう意味（いみ）ですか。教（おし）えていただきます。／這是甚麼意思？請您教教我！

こんなに、そんなに、あんなに、どんなに作連體修飾語用時，則用こんな、そんな、あんな、どんな，這麼用時則是形容動詞的連體形，或稱之為連體詞。他們也分別表示這樣的、那樣的、那樣的、哪樣的。但與こういう等比較起來，較粗俗一些，含有瞧不起聽話對方的語氣。因此下面例句中是不好用こういう等的。

○何（なん）だ、こんなに（×こういう）つまらない雑誌（ざっし）か。／什麼？這麼無聊的雜誌！

○そんな（×そういう）こと、誰（だれ）にだってできる。／那樣誰都會啊。

3 指示用詞的用法

こう、そう、ああ、どう的用法。

1こう

①多用來就一些客觀事物講自己的感覺時使用。相當於中文的**這樣、這麼**。

○こう毎日大風が吹いてはたまりません。／這樣每天颳大風，真受不了。

○こう騒がしくては夜もねむれません。／這樣吵鬧晚上也睡不好覺。

○この町は昔はこうではありませんでした。／這條街從前不是這樣的。

②概括所講的、所想的事情。也相當於中文的**這樣、這麼**。

○「これは彼の失言にちがいない」と大村先生はこう言われました。

「他真的失言了」，木村先生這麼說。

○私はこう思います。これは重大な問題です。／這是個重大的問題我這麼認為。

○私の考え方はこうです。／我的想法是這樣。

2そう

有下面三種用法：

①用來講與自己無關而與聽話對方有聯繫的事物、情況時使用。相當於中文的那樣、那麼。

○そう急がないでください。／不要那麼著急嘛！

○**そう**冷たい飲み物を飲むから腹をこわすのだ。
喝這麼冰的東西，會把肚子搞壞的。

②與こう的含義用法相同，概括所講的、所想的事情，也相當於中文的那様、那麼。

○きみも**そう**考えますか。／你也那麼想嗎？

○「決して嘘をつきません。」かれは**そう**言いました。
「我決不撒謊」，他是那麼說的。

③與否定詞語ない**相呼應使用，和**大して～ない**的含義、用法相同，表示不是十分如何。**
相當於中文的**（不）大…**、**（不）太…**。

○あの映画はそう面白くないね。／那個電影不太有趣！

○**そう**遠くないから、歩いて行きましょう。／不太遠，走路去吧！

○**そう**疲れていないから、もう少し練習しましょう。／不太累，再練習一下吧！

3ああ　在講自己和聽話對方都知道的事物、情況時使用。相當於中文的**那様**、**那麼**。

○あの人も**ああ**忙しくては行く暇もないでしょう。／他那麼忙，也沒有時間去吧。

○**ああ**なったのも、ご承知のように、彼のやり方がよくないからだ。

事情演變成這樣，正如你所知道的，是因為他的作法不好。

4どう　有下面三種用法：

①作為疑問詞來用，表示疑問。相當於中文的**怎樣、怎麼樣**。

○今日(きょう)の映画(えいが)をどう思(おも)いますか。／你認為今天的電影怎麼樣？

○この漢字(かんじ)はどう読(よ)みますか。／這個漢字怎麼念？

②用どうですか作為寒喧語，在問對方的情況時使用。相當於中文的**怎樣**。

○「お体(からだ)はどうですか。」／「你身體怎麼樣？」

「おかげさまでよくなりました。」／「託你的福，已經好多了。」

○「どうですか。お疲(つか)れになったでしょう。」／「怎麼樣？累壞了吧？」

「いいえ、別(べつ)に疲(つか)れていません。」／「不，不累。」

③多構成どう～ても的句式，表示即使達到某種程度。相當於中文的（即使）怎樣……也……。

○この問題(もんだい)は難(むずか)しくてどう考(かんが)えてもわかりません。／這個問題好難，怎麼想也不懂。

也可以構成慣用型**～かどうか**來用，表示**是否**……。

○彼は行くかどうかわかりません。／不知道他去不去。

○おいしいかどうか、ちょっと食べてみなさい。／你吃吃看，好不好吃！

II、こんなに、そんなに、あんなに、どんなに的用法

1こんなに　在講自己身旁事物的情況時使用。相當於中文的**這樣**。

○気をつけなかったので、こんなになったのです。／因為不小心，才變成這樣的。

○こんなに美しいところだと思いませんでした。／我沒有想到是這麼美麗的地方。

2そんなに　有下面兩種用法：

①多用在講與聽話對方有關聯的事物、情況時使用。相當於中文的**那樣**。

○「もうオーバーを着たが、まだ寒い。」／已經穿了大衣了，還是冷。

○「そんなに寒いのですか。あなたは風邪をひいたのでしょう。」

有那麼冷嗎？你感冒了吧？

○成績が少し悪いからといって、そんなにがっかりするなよ。

就算成績不太好，但也不用那樣灰心喪氣吧。

②與否定術語ない相呼應使用，構成そんなに～ない**句式**。相當於中文的**（不）太……**、**（不）太…**。

○「今日は寒いですね。」／今天好冷喔！

○「いいえ、ぼくはそんなに寒くないよ。」／不，我不覺得有那麼冷。

○そんなに遠くないから、歩いていきましょう。／路不太遠，走路去吧！

3あんなに　在講自己和聽話對方都知道的事物、情況時使用。相當於中文的**那樣**、**那麼**。

○彼はあんなにいい人だとは思いませんでした。／我沒有想到他是那麼好的人。

○あんなに沢山の人が集まってくるとは夢にも思いませんでした。

我做夢也沒想到來了那麼多的人。

上述句子中的こんなに、そんなに、あんなに的含義、用法與こう、そう、ああ基本相同，大多分別可以換用こう、そう、ああ。

4どんなに　有下面兩種用法：

①表示程度之高。相當於中文的**怎樣**。

○その時どんなに辛かったかは経験のない人には分かりません。

那時候有多麼痛苦，沒有經歷過的人是不會知道的。

○家の人がこの知らせを聞いたら、どんなに喜ぶでしょう。

家裡的人聽到這個消息，不知道會有多麼高興啊！

②構成どんなに～ても～（ない）句式，表示無論怎麼…也（不）…。

○どんなに叱っても効き目がない。／怎麼說也沒有效。

○どんなに叩いても壊れない。／怎樣敲打，也不會壞。

ときどんなに與どう兩者近似，有時用法相同，可互換使用，有時則只能使用其中之一。

①在用在～ても～（ない）句子裡時，既可以用どう也可以用どんなに。用どう時表示用什麼方法，用どんなに表示達到如何的程度，但構成どう～ても～（ない）どんなに～ても～（ない）句式時，兩個句子的含義差不多，兩者基本上可互換使用。例如：

○どう（○どんなに）考えても分かりません。／怎麼想也不懂。

○どう（○どんなに）焦っても役に立ちません。／怎麼著急，也沒有用。

②どう表示疑問，因此用在疑問句子裡時，一般要用どう。而どんなに也是疑問詞，表示不定稱的副詞，但它不能構成疑問句，因此下面的句子只能用どう。

○駅(えき)へはどう行(い)きます。／往車站怎麼走。

○「しばふ」の漢字(かんじ)はどう書(か)きますか。／「しばふ」的漢字怎麼寫？

構成〜かどうか〜句式時，也只能用どう，而不能用「どんなに」。例如：

○できるかどうかやってみなさい。／會不會你試試看就知道了！

3「どんなに」可以構成「どんなに〜でしょう」句式表示感嘆。相當於中文的「多麼…啊」。這時則不能用「どう〜でしょう」。

○日本(にほん)へ留学(りゅうがく)できたら、どんなに(×どう)うれしいでしょう。

如果能到日本留學，那有多麼高興啊！

以上所舉出的情態副詞都是一些常用的、主要的，另外還有一些，由於篇幅所限，無法一一舉例說明，請讀者諒解。

第四章　程度副詞(一)——一般程度副詞、比較程度副詞

1 程度副詞

程度副詞是與情態副詞、陳述副詞相對而言的副詞，是多用來修飾形容詞、形容動詞、存在狀態動詞的副詞，用它來表示這些詞所具有的狀態與程度。例如：

○**かなり**いい物（もの）だ。（修飾形容詞）／東西相當好。

○**とても**きれいな部屋（へや）だ。（修飾形容動詞）／是一個很乾淨的房間。

○**相当**（そうとう）痩（や）せている。（修飾形容動詞）／（他）相當瘦。

2 程度副詞的特點

1多修飾形容詞、形容動詞、狀態動詞。例如：

○ちょっとおかしい。／有點奇怪。

○きわめて健康です。／很健康。

○だいぶ遅れた。／晚了許多。

2也可以修飾某種情態副詞，表示情態副詞所到達的程度。

○ずっとはっきり見えます。／看得很清楚。

○ややしばらく経って彼は来ました。／稍稍過一會兒，他來了。

○ちょっとゆっくり歩きましょう。／走慢一點吧！

3個別的地方也可以修飾某些動作動詞，表示動詞所達到程度。

○ずいぶん歩きました。／走了好遠的路。

○かなり努力しました。／相當努力了。

○もっと勉強 しなさい。／再用功一點！

○ちょっと出かけます。／我出去一會兒。

4個別的可修飾表示方向、場所、時間數量的名詞。

○少し右に寄りなさい。／再稍往右靠一些！

○もっと遠方から来ました。／從很遠的地方來。

○それはずっと昔の話です。／那是很早以前的事情。

○首をやや右に曲げてください。／把頭稍往右歪一點。

○もう一時間待ってください。／請再等一小時！

5個別程度副詞有時轉化為名詞來用，可以在下面接「の」作連體修飾語，或後續「だ」、「です」作述語來用。

○駅まではかなりの距離があります。／到車站還有一段距離。

○わずかの金で家族五人が暮らしています。／家裡五個人仰賴少少的薪水生活。

○もうちょっとです。／還差一點。

○ここまで来れば駅まではもうわずかです。／走到了這裡，離車站就很近了。

6某些程度副詞，一般不能用在表示否定的句子裡。

×駅までは非常に遠くない。（用さほど）

×学校までは大変近くない。（用さほど）

×この本はだいぶ面白くない。（用たいして）

×この電球は少し明るくない。（用すこしも）

這時它們分別要講：

○駅まではさほど遠くない。／距車站不太遠。

○学校まではさほど近くない。／距學校不太近。

○この本はたいして面白くない。／這本書不是非常有趣。

○この電球は少しも明るくない。／這個燈泡一點也不亮。

也就是說在否定形式的句子中，使用副詞時，要用下面一些表示否定的副詞。例如：ちっとも、すこしも、たいして、さほど、一向、全然、そんなに等。

關於這些副詞的用法，請參考本書第六章陳述副詞的否定呼應部分。

但在下面這些條件句中，某些程度副詞，如**よほど**、**相当**是可以和否定形式的詞用在一個條件句中的。例如：

○**よほど**気を付けないと、いずれひどい目にあうよ。

不注意點的話，早晚要吃大虧的。

○**相当**力を入れて練習しないと、相手をまかすことはできない。

不投入相當多的努力是無法打敗對方的。

7多數的程度副詞，一般不能用在表示命令、意志、勸誘的句子裡。例如：

×非常にはやく走りなさい。

×だいぶ沢山買ってください。

×とてもゆっくり歩きましょう。

×なかなか上手に書こう。

這一些句子都是不用的。但個別的程度副詞，如表示稍稍地、少少地的副詞**すこし**、**ちょっと**、**少々**等，有時還可以用在命令、意志、勸誘等的句子裡。例如：

○少し急いでくれ。／稍微快一點。

○きみ、少し自重しろよ。／你要自重一點啊！

○ちょっとお待ちください。／請您稍候！

○少々おあがりください。／請多少吃一些！

3 程度副詞的類型

程度副詞大致有以下幾種類型：

(一) 一般的程度副詞

這類副詞，從語法關係上來看，多修飾形容詞、形容動詞；從意思上來看，大都是表示具有一定程度的，因此可以說它們是典型的程度副詞。它們還有下面幾種：

I、表示程度很高的副詞　常用的有：

とても／很　たいへん／很　はなはだ／很，甚

すこぶる／很、頗　きわめて／很　いたって／很

II、表示具有相當高的程度副詞

だいぶ／相當　ずいぶん／相當　相当（そうとう）／相當

かなり／相當　　よほど／相當

III、表達達到一定程度的程度副詞

わりあいに／比較起來　　わりに／比較　　けっこう／比較（好）

なかなか／很，比較　　比較的(ひかくてき)／比較

IV、表示程度輕微的程度副詞

少(すこ)し／少許，稍微　　ちょっと／少許，稍微　　少々(しょうしょう)／少少，稍微

多少(たしょう)／多少，有些　　やや／稍

（二）比較的程度副詞

I、表示最高級的程度副詞

最(もっと)も／最　　一番(いちばん)／最　　一等(いっとう)／最

II、表示比較級的程度副詞

もっと／更　　一層(いっそう)／更　　もう少(すこ)し／再稍稍

いくらか／多少　　ほんの少(すこ)し／一點點兒　　より／更

（三）數量概念的程度副詞

這類副詞從意義上來看，具有數量多少的含義，因此也可以說在程度大小上，是有所不同的，但從它們的語法關係上來看，它們多修飾動詞，因此不是典型的程度副詞，所以有的學者將它們劃歸為情態副詞的一類。本書為了弄清它們與一般程度副詞的關係，將它們併入程度副詞。它們還有下面幾種：

I、數量眾多的副詞　表示數量眾多的副詞。

たくさん／許多　おおぜい／許多（人）　いっぱい／很多

残(のこ)らず／全部　たっぷり／很多　どっさり／很多

II、概略數量副詞　表示對數量粗略估計的副詞。

ほとんど／幾乎、大部分　あらかた／幾乎、大部分　おおかた／幾乎、大部分

だいたい／幾乎、大部分　およそ／大約、大致　ほぼ／大約

III、全部的數量副詞　表示全部、所有的副詞。

みんな／全部　全(すべ)て／所有的　全部(ぜんぶ)／全部

すっかり／全　ことごとく／全部，全　そっくり／全

(四)其他的程度副詞

除了上述的程度副詞以外，還有一些不屬於上述副詞的程度副詞。它們有：

I、表示特別的程度副詞

とりわけ／特別　特（とく）に／特別　殊（こと）に／特別

殊（こと）の外（ほか）／特別

II、表示異常的程度副詞

いやに／異常地　ばかに／異常地、很　やけに／很

III、表示真實的程度副詞

ほんとう／真　まことに／真　実（じつ）に／真，實在

まったく／完全

VI、表示意外的程度副詞

案外（あんがい）／出乎預料　存外（ぞんがい）／出乎預料　意外（いがい）に／意外地

思（おも）いの外（ほか）／意外地

下面就程度副詞的用法逐一進行説明。

4 一般的程度副詞

① 表示程度很高的程度副詞

常用的有：とても、たいへん、ひじょうに、はなはだ、すこぶる、きわめて、いたって、えらく、あまり**等。**

1 とても　表示某種狀態的程度很高，既用於積極方面，也用於消極方面。它是口語，比較常用，但很少用在文章裡。相當於中文的**很**、**非常**。

多修飾形容詞、形容動詞。

○とても面白い小説だ。／那是一部很有意思的小說。

○相手はとても不親切な人だ。／對方是一個很不友善的人。

有時也修飾動詞：

○それは**とても**効く薬だ。／那是很有效的藥。

○母は**とても**喜んだ。／母親非常高興。

とても還可以作為陳述副詞來用，用とても，表示**絕不……**。請參看第六章否定呼應部分。

2たいへん（大変）　與とても含義、用法相同，也表示誠度很高，也多用來修飾形容詞、形容動詞。相當於中文的**很**、**非常**。

○**たいへん**寒くなりました。／天氣變得很冷了！

○その小説は**たいへん**面白いそうです。／聽說那部小說很有趣。

有時也可以修飾動詞。

○兄が大学に入って父は**たいへん**喜びました。／哥哥進了大學，父親非常高興。

它還可以用**大変**な作連體修飾語用，表示**極大的**、**不得了的**，但多用來講消極的、不好的情況。相當於中文的**大的**、**嚴重的**。

○**大変**な間違いをした。／出了一個大錯。

還可以用**大変**だ作述語用，表示**不得了**。

○**大変**だ。火事だ。早く水を持ってきてくれ。／不得了了！著火了！快拿水來！

3ひじょうに（非常に）　也表示程度很高。相當於中文的**很**、**非常**、**極**等。

○牡丹も**非常**に美しい花です。／牡丹也是很美的花。

○それは**非常**に危険な作業です。／那是很危險的工作。

但在日常會話中，多用意思相同的**とても**，而不大用**非常**に。例如：

○ああ、とても（？**非常**に）疲れた。／啊…真累。

4はなはだ（甚(はなは)だ）　也表示程度很高。相當於中文的**很**、**甚**。

○はなはだ残念なことだ。／真是很遺憾的事。

○今度の試験では成績ははなはだよくなかった。／這次考試成績很不好。

○よく復習しなかったので、成績ははなはだ悪い。

沒有好好複習，成績很差。

5すこぶる（頗る）　也表示程度很高，相當於中文的**很**、**甚**、**頗**。但它是書面用語，多用在鄭重的談話上或文章裡。

多修飾形容詞、形容動詞，個別時候修飾動詞。

○家族一同は**すこぶる**元気ですので、ご安心ください。

家裡的人都很健康，請您不要掛念！

○夜は**すこぶる**静かで、物音一つ聞こえません。／夜裡很安靜，聽不到一點聲響。

○体が**すこぶる**弱っているので、無理をしてはいけません。

身體很虛弱，所以不要勉強！

6きわめて（極めて）　也表示程度很高。相當於中文的**很**、**頗**、**非常**、**極**。

○問題の解決は**きわめて**難しい。／問題很難解決。

○それは**きわめて**不便なところだ。／那是一個非常方便的地方。

7いたって（至って）　也表示程度很高。它也是書面用語。相當於中文的**很**、**非常**、**極**。

○彼は**いたって**まじめな人です。／他是很認真的人。

○日光は**いたって**美しいところです。／日光是一個風景非常優美的地方。

8あまりに（余りに）　也表示程度很高，但它有**過分**的意思。相當於中文**太**、**過於**。它是口頭語，使用頻率高，大多用在對話上。

○昨日はあまりに忙しくてとても疲れた。／昨天因為太忙了，實在很累。

○値段があまりに高いので買わなかった。／因為價錢太貴，所以沒有買。

あまり還可以作為陳述副詞來用，用あまり～ない，表示**不太**…。請參看第六章否定呼應部分。

9えらく（偉く）　它是從形容詞偉い轉化來的副詞，也表示程度很高，但它是俗語，一般只用在日常對話裡。相當於中文的**很**、**極**、**特**。

○きた人はえらく高級な背広を着ている。／來的人穿了一身很高級的西裝。

○あそこはえらく騒がしいところだ。／那是一個很吵鬧的地方。

○あなたは今日えらくはりきっていますね。／你今天很有精神喔！

2 表示具有相當高程度的程度副詞

常用的有：かなり、だいぶ、ずいぶん、たいそう、相当、とほど等，**都表示達到相當高的程度。**

1かなり　它是從主觀上的角度，來判斷某種狀態達到相當高的程度。既可以用於積極方面，也可以用於消極方面。多修飾形容詞、形容動詞、狀態性動詞。相當於中文的**相當**。

○彼（かれ）は**かなり**まじめな学生（がくせい）です。／他是相當認真的學生。

○あそこは**かなり**不便（ふべん）なところです。／那是一個很不方便的地方。

○彼（かれ）は**かなり**できる学生（がくせい）です。／他是個很好的學生。

還可以修飾副詞：

○かれには日本語（にほんご）の本（ほん）が**かなり**沢山（たくさん）あります。／他有相當多的日語書。

還可以用**かなり**の作連體修飾語用。

○文章（ぶんしょう）の中（なか）から、**かなり**の誤（あやま）りが発見（はっけん）された。／從文章裡發現了相當多的錯誤。

○祭（まつ）りの日（ひ）には**かなり**の人出（ひとで）だった。／祭典那一天街上的人相當多。

2だいぶ（大分（だいぶ））、だいぶん（大分（だいぶ））

兩者含義、用法相同，都是既可以修飾形容詞、形容動詞，也可以修飾動詞（多是狀態動詞）。相當於中文的**相當**、**比較**。

○あの人（ひと）の病気（びょうき）は**だいぶ**（○**だいぶん**）悪（わる）いらしい。／據說他的病情相當重。

○彼とはだいぶ（○だいぶん）長い間会っていません。／和他滿久沒見面了。

○フランス語のできる人はだいぶ（○だいぶん）いる。／會法語的人相當多。

3ずいぶん（随分）　它是既可以修飾形容詞、形容動詞，也可以修飾動詞。相當於中文的相**當**、**從**。

○今日はずいぶん暑い。／今天相當熱。

○ずいぶん面白かったよ。／相當有趣。

○ずいぶん捜したが、見つからなかった。／找了很久，可是沒有找到。

它有時含有**過分**的意思。例如：

○ずいぶんけちだね。／太吝嗇了。

4たいそう（大層）　它與**大変**近似，但從所表示的程度上來看，要低於**大変**，基本上與かなり的程度相同，也相當於中文的**相當**。

○今日はたいそう寒い。／今天相當冷。

○たいそう珍しい品をいただいてありがとうございました。

收到您非常珍貴的禮品，太謝謝您了。

它還可以用たいそうな來用，表示**令人吃驚的、不尋常的**。相當於中文的**很…的、相當…的**。

○たいそうなご邸宅ですね。／好氣派的住宅啊！

○あの人はたいそうな人気です。／他很有名望。

5そうとう（相当）、そうとうに（相当に）

兩者含義用法相同，基本上與かなり、だいぶ的含義也相同，是表示某種狀態達到相當高的程度。但用法有它的獨特之處。

它雖然也表達出自己的感覺或印象，表示某種狀態達到相當的程度。相當於中文的**相當**、**從**。例如：

○今日は相当寒いね。／今天相當冷呢！

但多用來講間接聽到的或自己做出的推量，因此述語部分多用~らしい、~そうだ、~だろう、~にちがいない等。

它既可以修飾形容詞、形容動詞，也可以修飾動詞。

○かれには毎月の収入が相当多いらしい。／他每月收入好像相當多。

○あそこは**相当**静かなところだそうだ。／據說那裡是相當安靜的地方。

○電車は**相当**こんでいたそうだ。／據說電車相當擁擠。

也可以用**相当**の作連體修飾語來用，相當於中文的**相當大的**…、**相當多的**…、**相當好的**…。

○李さんは**相当**の金持の家に生まれた。／小李出身於相當富有的家庭。

從以上說明可以知道：它與かなり、だいぶ含義相同，但用法則稍有不同：かなり、だいぶ的述語可以用用言直接結尾；而**相当**的述語則多用そうだ、らしい、～にちがいない等表示傳聞、推量的詞語結尾。例如：

○試験はかなり難しい。／考試相當難。

○試験は**相当**難しいらしい。／考試好像很難。

○それはかなりにぎやかな町だ。／那是相當熱鬧的街道。

○それは**相当**にぎやかな町だそうだ。／據說那是個相當熱鬧的城市。

6よほど（余程、よっぽど（余程）

兩者含義、用法基本上相同，只是よっぽど是口語，使用時比較輕鬆，它們都表示某種狀

態達到一定的程度。也是既可以修飾形容詞、形容動詞，也可以修飾動詞。都相當於中文的**相當**。

但它們多用在下列的句式中：

イ、用～なのは～よほど～らしい（ようだ、にちがいない）、～なのは～よほど～のだろう（～のだ）

○彼が大声で泣くのはよほど悲しいからだろう。

他哭成那樣一定很傷心。

○事故の大きさから見ると、あの車はよほど速く走っていたにちがいない。

從事故的嚴重程度來看，那輛車子一定是開得相當快。

ロ、用Bは Aよりよほど～表示B比A相當如何如何。相當於中文的…比…相當、比…得多。

○わたしにとって日本語を話すより読む方がよほど楽だ。

對我來說，日語閱讀比說日本語要輕鬆得多。

○今度の試験の方が、この前よりよほど難しかった。

這次考試比上次難得多。

ハ、用よほど～しよう、よほど～したい

這時的よほど修飾下面的意志動詞，表示自己強烈的決心。相當於中文的**真想**…。

○黙(だま)って見(み)ていられない。よほど叱(しか)ってやりたかった。

我無法一聲不吭，真想臭罵他一頓。

(二)用「よほどの体言」句式

這時用よほどの作連體修飾語，相當於中文的相當…的。

○彼(かれ)はよほどの資産家(しさんか)にちがいない。／他應該是個相當富有的企業家沒錯。

○彼(かれ)の様子(ようす)から見(み)ると、よほどの悪(わる)いことをしたらしい。

從他那樣子來看，他好像做了什麼相當壞的壞事。

3 表示達到一定程度的程度副詞

常用的有：わりあい、わりに、**比較的**(ひかくてき)（に）、けっこう、なかなか**等，它們都表示與某一標準比較起來，達到一定的程度。**

1わりあい（割合）、わりに（割りに）

わりあい本來是名詞，表示在全體當中所占的比率。引申作為副詞來用，用わりあい或わりあいに；有時あい脱落，也用わりに，三者含義、用法基本相同。都是多修飾形容詞、形容動詞，個別時候修飾動詞，都表示與某一標準比較起來結果如何。相當於中文的**比較**。

○このお菓子はわりにおいしい。／這個點心比較好吃。

○昨夜わりに遅く寝ました。／昨晚比較晚睡。

○わりあい上手にできました。／做得比較好。

○今日はわりあい欠席者が少なかった。／今天缺席的比較少。

○今日はわりあいに暖かいです。／今天比較暖和。

○電車はわりあいに空いていました。／電車比較空。

2ひかくてき（比較的）　有時也用比較的に，與わりに、わりあい含義、用法基本相同，可換用わりに、わりあいに，只是比較的、比較的に是書面用語，多用在鄭重的談話或文章中。相當於中文的**比較**。

○大江健三郎先生の書いた小説は比較的に分かりにくい。

大江健三郎先生寫的小說比較難懂。

○日本は比較的資源の乏しい国だ。／日本是資源比較貧乏的國家。

3けっこう（結構） 也表示比較上達到了一定程度，但它多用來講超過了預料的程度，因此含有輕微的褒意。它可以修飾形容詞、形容動詞，也可以修飾動詞。相當於中文的**比較**、**滿**。

○この二三日けっこう涼しいですね。／這兩三天滿涼快的耶！

○けっこう面白い映画ですね。／滿有意思的電影啊！

○歩いて行ってもけっこう間に合います。／走過去也滿來得及的。

它可以用けっこうだ作述語來用，相當於中文的**滿可以**、**滿好**、**很好**、**足夠**。

○論文は短いが、たいへんけっこうです。／論文雖然短了一些，但寫得很好。

○お酒はもうけっこうです。／酒喝夠了。

4なかなか（中中） 表示某種狀態達到一定的程度，一般而言，它稍低於大変的程度，也是既可以修飾形容詞、形容動詞，也可以修飾名詞。相當於中文的**很**、**相當**。

○なかなかきれいです。／很美麗。

○この小説はなかなかおもしろいです。／這部小說很有趣。

○なかなか注意が行き届いている。／照顧得相當周到。

個別時候也可以修飾名詞，相當於中文的**了不起的**、**很…**、**相當…**。

○なかなか傑作だ。／是部了不起的傑作。

○なかなか美人だ。／是個相當漂亮的美人。

也可以用**なかなかの＋体言**作連體修飾語來用，相當於中文的**相當…**。

○彼はなかなかの勉強家だ。／他是一個相當用功的人。

○それはなかなかの強敵だ。／那是個相當強勁的對手。

值得注意的是：他只用於積極方面，表示達到一定的程度，而不能用於消極方面，因此下面用なかなか的句子是錯誤的。

×なかなか遅い。

○わりあいに遅い。／比較慢。

×工業がなかなか後れている。

○工業がわりあい後れている。／工業比較落後。

なかなか還可以作為陳述副詞來用，用なかなか～ない。相當於中文的**不容易、怎麼也不……**。

○彼（かれ）はなかなか怒（おこ）らない。／他怎樣都不生氣。

○湯（ゆ）がなかなか沸（わ）かない。／水怎麼也不開。

4 表示程度輕微的程度副詞

常用的有：ちょっと、すこし、少少（しょうしょう）、やや等。它們都含有較少的意思。

1ちょっと（一寸（ちょっと））　多修飾形容詞、形容動詞，也可以修飾動詞，表示輕微的程度，既可以用於積極方面，也可以用於消極方面。它是口頭語，使用頻率高。相當於中文的**稍稍、少、……一起、……一點**。

○この部屋（へや）は寝室（しんしつ）としてはちょっと大（おお）きい。／這個房間作寢室的話有點大。

○この部屋（へや）は事務室（じむしつ）としてはちょっと狭（せま）い。／這個房間作辦公室的話有點小。

○ちょっと待（ま）ってね。／你稍等一下！

○ちょっとお上（あ）がり。／請少吃一點！

作連體修飾語來用時，一般用ちょっとした＋体言，相當於中文的**小的…、少的…**。

○彼は**ちょっとした**ことですぐ怒る。／他常因一點小事就生氣。

○彼は**ちょっとした**財産を持っている。／他稍有一些資產。

2すこし（少し）　與ちょっと相同，也修飾形容詞、形容動詞、動詞，也是既可以用於積極方面，也可以用於消極方面，表示輕微的程度。相當於中文的**稍、少、…一些、…一點**。

○この服は私には**少し**短いです。／這件衣服我穿稍短了一些。

○この服は彼には**少し**長いです。／這件衣服他穿長了一些。

○この時計は**少し**遅れています。／那隻錶慢了一些。

○あの時計は**少し**進んでいます。／那隻錶快了一點。

○**少し**休もう。／稍微休息一下吧！

○**少し**待ってください。／稍等一會！

也可以修飾名詞，相當於中文的「稍」、「少」。

○もう**少し**奥へ詰めてください。／請再稍往裡面擠一擠！

○彼は少し前帰りました。／他剛才回去了。

也可以用「すこしの＋体言」作連體修飾語來用。

○あの人は少しのことですぐ怒ります。／他常因一些小事就生氣。

○そのとき家は少しの余裕もなかった。／那時候家裡沒有一點積蓄。

3しょうしょう（少々）　與ちょっと、すこし的含義、用法相同，也修飾形容詞、形容動詞、動詞，也是既可以用於積極方面，也可以用於消極方面，表示輕微的程度。相當於中文的**稍**、**少**。

但它是書面用語，多用於文章或較鄭重的談話。

○台湾は日本より雨量が少々多いといわれている。／據說台灣的雨量比日本稍微多一點。

○大阪は台北より少々にぎやかだそうです。／據說大阪比台北稍熱鬧一些。

○少々お待ちください。／請稍候！

○弟の成績は昨年より少々下がったようだ。

弟弟的成績好像比去年稍稍變差了一些。

也可以用少々の＋体言作連體修飾語來用，相當於中文的**小的**、**稍稍的**。

○少々のことでは驚かない。／對一些小事不會大驚小怪。

4 やや（稍・稍稍） 多用來與某一標準比較之下，某一狀態的程度**稍稍**如何。也是既可以用積極方面，也可以用於消極方面。相當於中文的**稍稍**、**微微**。

但やや只修飾形容詞、形容動詞、狀態動詞，而不能修飾動作動詞。

○あの山は富士山よりやや高いといわれている。／據說那座山比富士山稍高。

○あのビルは東京タワーよりやや低い。／那棟建築稍低於東京塔。

○今日帰るのがやや遅れた。／今天回來的稍晚了一些。

它也可以修飾名詞，也表示「稍」、「少」。

○明日はやや東寄りの風。／明天的風向稍微偏東。

由於它不能修飾動作動詞，因此下面的說法是不通的。

×やや休みましょう。

○ちょっと（○少し）休みましょう。／稍休息一會吧！

×やや待ってください。

○ちょっと（○少し）待ってください。／稍等一會！

5 表示比較的程度副詞

在英語裡形容詞都有最高級、比較級的說法，但在日本語裡要表現最高級、比較級則要用副詞來表達。將在這一節裡深入探討這些用來表達最高級、比較級的副詞。

1 表示最高級的程度副詞

這類副詞表示在複數的許多事物中，某種狀態的程度是最高的。大致相當於英語的est。

它們常用的有：一番（いちばん）、もっとも、一等（いっとう）等等。

1 いちばん（一番（いちばん）） 它本來是名詞，表示順序中的第一。例如：

○兄（あに）は一番（いちばん）の成績（せいせき）で中学校（ちゅうがっこう）を卒業（そつぎょう）した。／哥哥以第一名的成績從中學畢業了。

引申作為副詞來用，表示在許多同類事物中是最高的。它是口頭用語，比較常用。相當於中文的**最**。

多修飾形容詞、形容動詞、狀態動詞。

○日本で一番高い山は富士山です。／在日本最高的山是富士山。

○私は刺身が一番好きです。／我最喜歡吃生魚片。

○これは彼の一番優れた作品だ。／這是他最優秀的作品。

也可以修飾動作動詞。

○これはこの病気に一番よく効く薬です。／這是對這個病最有效的藥。

有時也修飾名詞。也相當於中文的「最」。

○今一番先を走っている人は高山です。／現在跑在最前面的是高山同學。

它還可以用**一番の＋体言**作連體修飾語來用，也相當於中文的**最**。

○今は冬で一番の寒さだ。／現在是冬天最冷的時候。

還可以用**～一番**だ作述語來用，相當於中文的**最好**。

○風邪にはこの薬が一番だ。／治感冒這個藥最好。

2もっとも（最も）　與一番含義、用法相同，也表示在許多同類事物中程度是最高的。相當於中文的**最**，只是它是書面用語，日常生活中較少使用。

もっとも（最も）**既可以修飾形容詞、形容動詞、狀態動詞，也可以修飾動作動詞。**

○一週間のうちで、日曜日はもっとも忙しい。／在一星期中就屬星期天最忙。

○銀座は東京の中でもっともにぎやかなところだ。／銀座是東京最熱鬧的地方。

○その絵はかれの作品の中でもっともすぐれている。／那幅畫在他的作品中是最好的。

○それはわたしのもっとも好むところである。／那是我最喜歡的。

3いっとう（一等）　它本來也是名詞，表示第一、一級、一等等。例如：

○マラソン競争で一等になった。／在馬拉松長跑中得了第一。

引申作為副詞來用，與いちばん、もっとも含義相同，也相當於中文的**最**。只是它多用在會話裡。

○一等面白かったのは野村さんの漫才でした。／最有趣的是野村的單口相聲。

○運動の中でバスケットボールが一等好きです。／在所有的運動中我最喜歡打籃球。

它也可以修飾名詞，也相當於中文的**最**。

○一等先に風呂にはいるのはお父さんです。／最先洗澡的是父親。

2 表示比較級的程度副詞

這類副詞表示當兩個人、兩種事物比較時，A和B如何如何。大致相當於英文的er。

常用的有：もっと、一番、いくらか、より等。

1もっと 表示兩者比較，其中之一**更…**。相當於中文的**更…**。

多修飾形容詞、形容動詞。

○三郎は背が高いが、太郎はもっと高いです。／三郎個兒高，但太郎又更高了。

○佐藤さんは英語がうまいが、北原さんはもっと上手です。

佐藤英語講得好，可是北原講得更好。

有時在句子裡也可以省略去比較的對象來講，但含義、用法是相同的。

○これから物の値段がもっと高くなるでしょう。／今後物價會漲得更高吧！

也可以修飾動作動詞，表示相同的意思。

○これから、もっと勉強しなければならない。／今後必須更加用功。

也可以修飾副詞。

○もっとしっかりやってください。／更要好好的做！

也可以修飾名詞。

○みなさん、もっと前にいらしてください。／各位！請再往前面靠！

2 いっそう（一層） 與もっと的含義、用法相同，也表示兩者比較，其中之一**更…**。也相當於中文的**更…**。

它也可以修飾形容詞、形容動詞以及動作動詞。

○今度の試験は前の試験よりいっそう難しい。／這次考試比上次考試更難。

○これからはいままでよりいっそう努力したいと思います。

我今後會更努力。

它與もっと相同，在句子裡也可以省略去比較的對象來講，表示相同的意思。

○夜になってから、風はいっそうひどくなりました。／到了晚上風更大了。

有時也用~**より一層**，與**一層**的含義用法相同，也表示**更…**。但語氣更強。

○これから、より一層努力するつもりです。／我今後要更加努力。

但它與もっと不同的是：它不能修飾名詞。

3いくらか（幾らか） 它的基本含義與**すこし**相同，表示程度之低。相當於中文的**稍**。

○寒い日が続いていますが、今日はいくらか暖かいようです。

一連幾天都是冷天，今天好像稍稍暖和了一些了。

○今月の月給はまだいくらか残っています。／這個月的薪水，多少還有剩一些。

引申用來講兩者的比較，表示A和B**多少**…。相當於中文的**多少更**…、**更**…。

它也可以修飾形容詞、形容動詞或動作動詞。

○今日は昨日よりいくらか涼しい。／今天比昨天更涼快一些。

○この辺はあちらよりいくらか静からしい。／這附近好像比那邊更安靜一些。

○先月より体重がいくらか減った。／體重比上個月輕了一些。

4より 它本來是格助詞，接在名詞下面，表示比較。相當於中文的**比**。例如：

○銀座は新宿**より**にぎやかです。／銀座比新宿熱鬧。

引申用在形容詞、形容動詞前面，也可以用在部分副詞前面，表示互相比較起來，更如何如何。但它是模倣英語的表現形式。相當於中文的**更**。

○**より**いい物はありませんか。／沒有更好的了嗎？

○**より**丈夫な物が欲しいです。／我想要一個更牢靠的。

○次の会には**より**多く人々が集まってくるんだろう。

下一次開會大概會來更多人吧！

第五章　程度副詞（二）——數量概念的程度副詞、其他的程度副詞

1 數量概念的程度副詞

1 數量眾多的程度副詞

表示人、東西數量很多。

常用的有：たくさん、おおぜい、いっぱい、のこらず、たっぷり、どっさり等。

1たくさん（沢山） 多修飾動詞，表示某種東西，個別時後表示人很多。相當於中文的**很多、許多**。

○彼には日本語の小説がたくさんある。／他有許多日本語小說。

○けっこうな物をたくさんいただいてありがとうございました。

讓您送這麼多好東西，太謝謝你了。

○今度の客船沈没事件で、乗客がたくさん死にました。

在這次遊輪沉沒事件中，死了許多乘客。

也可以用たくさんの＋体言作連體修飾語用。相當於中文的**許多的**、**很多的**。

○その事はまだそうたくさんの人に知られていない。／這件事還沒有多少人知道。

還可以用～たくさんだ作述語用，相當於中文的**夠多**、**足夠**。

○六時間寝ればたくさんだ。／睡六小時夠了。

○お説教はもうたくさんだ。／你的大道理，我已經聽夠了。

2おおぜい(大勢) 也修飾動詞，只能用於人，表示人數之多，而不能用於其他事物。相當於中文的**許多（人）**、**很多（人）**。

○大山先生の講演を聞きにくる人はおおぜいいるでしょう。

來聽大山先生演講的人很多吧！

○人がおおぜい公園の中を散歩しています。／很多人在公園散步。

有的認為おおぜい可以用於動物，表示有許多種動物。但據**外国人のための基本語用例辞典**說明，**ねこがおおぜいいる**是不說的，因此可以說它是不能用來講人以外的動物的。

它可以用おおぜいの＋体言作連體修飾語用，相當於中文的**許多的（人）**。

○おおぜいの乗客(じょうきゃく)が待合室(まちあいしつ)で休(やす)んでいます。／有許多乘客在候車室休息。

3いっぱい（一杯(いっぱい)）　它的基本含義是數詞，表示一杯、一碗。相當於中文的**一碗**。

○みそしるをもう一杯(いっぱい)ください。／請再給我一碗味增湯！

進一步表示喝一杯酒、喝酒。例如：

○一杯(いっぱい)行(い)こうか。／去喝一杯吧！

引申作為副詞來用，多寫作いっぱい，也多修飾動詞，既可以表示東西多，也可以表示人多。相當於中文的**滿滿地**、**很多**。

○この本(ほん)には漢字(かんじ)がいっぱいあるからなかなかよめません。

這本書的漢字很多，很不容易看。

○おみやげをいっぱいいただきました。／接受了許多禮物。

○公会堂(こうかいどう)に入(はい)ってみると、聴衆(ちょうしゅう)がいっぱいすわっていました。

進入禮堂一看，已坐滿了聽眾。

它可以用**いっぱい＋体言**作連體修飾語來用，相當於中文的**滿滿的**……。

○ポケットの中（なか）いっぱいのチョコレート。／口袋裡裝著滿滿的巧克力。

也可以用～いっぱいだ作述語來用，表示東西多或人多。相當於中文的**滿**、**很多**。

○部屋（へや）は埃（ほこり）でいっぱいです。／房間裡積滿灰塵。

○車内（しゃない）は乗客（じょうきゃく）でいっぱいでした。／車裡滿是乘客。

4のこらず（残（のこ）らず）　也多修飾動詞，表示某種東西、某些人一個不剩地、全部。相當於中文的**一個不剩地**、**全部**。

○一（いっ）ヵ月（げつ）の月給（げっきゅう）を二週間（にしゅうかん）で残（のこ）らず使（つか）い果（は）たした。

一個月的薪水，兩個星期就全部用完了。

○私（わたし）のクラスでは一人（ひとり）残（のこ）らず修学旅行（しゅうがくりょこう）に行（い）った。

我們班上的同學，全都參加了教育旅行。

它不能作連體修飾語用，也不能作述語來用。

5たっぷり　它是擬態副詞，與たくさん的含義、用法相同，也修飾動詞，表示東西數量多。相當於中文的**很多**。

○冷蔵庫（れいぞうこ）には肉（にく）や魚（さかな）などがたっぷりある。／冰箱裡有許多魚、肉等。

○彼はよほど腹が減ったと見えて丼にたっぷり飯を盛って食べた。

他好像很餓，在大碗裡盛了很多飯。

○机の引き出しも開けてみると、札束がたっぷり置いてある。

打開抽屜一看，裡面放著許多捆鈔票。

它不能作連體修飾語，也不能作述語來用。

6どっさり　也是擬態副詞，與たくさん的含義、用法相同，也修飾動詞，表示東西數量多。相當於中文的**很多**。

○田舎から来たおじいさんからどっさりお土産をいただいた。

從鄉下來的爺爺帶了很多土產給我。

○野村は石油商売をしてどっさりもうけたそうだ。／聽說野村做石油買賣賺了很多錢。

○山の上には二、三百年にもなる大きな木がどっさり生えている。

山裡有許多二、三百年樹齡的大樹。

它不能作連體修飾語，也不能做述語用。

② 概略數量的程度副詞

是表示對數量概略估計的副詞。

常用的有：ほとんど、あらかた、おおかた、だいたい、およそ(おおよそ)、ほぼ等。

1ほとんど（殆んど） 多修飾動詞，表示某種事物、活動大部分如何如何。相當於中文的**幾乎**、**大部分**。

○あの鉄道工事は**ほとんど**完成した。／那個鐵路工程大致完工了。

○父の病気は**ほとんど**治りました。／父親的病幾乎全好了。

○今度の試験は**ほとんど**できませんでした。／這次考試幾乎都不會。

它還可以修飾某一部份名詞，相當於中文的**幾乎**。

○**ほとんど**全員が賛成した。／幾乎都贊成。

它還可以作名詞用，相當於中文的**大部分**。

○今度の試験で**ほとんど**の学生が九十点以上をとった。

在這次考試中，幾乎所有的學生都得了九十分以上。

○大水で町のほとんどがやられてしまった。／洪水幾乎淹沒了全鎮。

2あらかた（粗方） 與ほとんど的含義、用法大致相同，多修飾動詞，表示某種事物、活動大部分如何如何。也相當於中文的**幾乎**、**大部分**。

○あのダムの建造工事はあらかた完成した。／那個攔河大壩的修建工程幾乎要完工了。

○その本におさめてある和歌はあらかた覚えた。

收錄在那本書裡的和歌大部分都背下來了。

○火事で家はあらかた焼けてしまった。／因為火災，房子幾乎全燒了。

但它與**ほとんど**不同的是：**ほとんど**不但可以用在肯定句子中，還可以用在否定句；而**あらかた**只能用在肯定句中，而不能用在否定句。

○相手の言うことがほとんど（○あらかた）翻訳できた。

對方說的話，幾乎都能夠翻譯出來。

○相手の言うことはほとんど（×あらかた）翻訳できなかった。

對方講的話幾乎都沒能譯出。

另外與**ほとんど**不同的是：它不能做名詞用。

○あの飛行機墜落事件でほとんどの(×あらかたの)乗客が死んでしまった。

在那次空難事件中，幾乎所有的乘客都遇難了。

3おおかた（大方） 也與ほとんど的含義、用法大致相同，也是多修飾動詞，表示某種活動事物大部分如何如何。相當於中文的**幾乎**、**大部分**。

○仕事はおおかた片づいた。／工作幾乎都做完了。

○地震がひどかったので、町の家はおおかた倒れてしまった。

因為震度很強，鎮上的房子幾乎全毀了。

○中学校で習った英語はおおかた忘れてしまった。／國中時學的英語幾乎全忘了。

它還可以修飾名詞，也相當於中文的**幾乎**、**大部分**。

○今度の試合に出たのはおおかた新人です。

在這次比賽中出場的幾乎都是新手。

它也可以作名詞用。

○参加者のおおかたは学校の先生です。／與會者大部分是學校的教師。

○おおかたの話は李さんから聞いたのです。／這些話大部分是從李小姐那聽來的。

它還可以作為陳述副詞來用，用おおかた～だろう表示推量。請參考本書第六章推量呼應部分。

4だいたい（大体） 與ほとんど含義、用法相同，也多修飾動詞，表示雖不是全部，但大部分也如何如何。相當於中文的**大部分**、**幾乎**、**大致**。

○お話はだいたいわかりました。／你講的話，我大致上了解了。

○私の言ったことはだいたい、次の通りです。／我想說的事情大致如下。

○二人の間の矛盾はだいたい解決しました。／兩個人之間的衝突大致解決了。

它還可以作名詞用，也表示「大部分」。

○だいたいのことは知っています。／大部分的情況我都知道。

○その計画はだいたいにおいて成功だと思います。／我認為那個計畫大部分是可行的。

作副詞用時，還可以用來表示**大致說起來**、**大致上**的意思。這時則不是**ほとんど**的意思。

○費用はだいたいいくらぐらいかかるでしょう。／費用大致要花多少？

5およそ（凡そ）、**おおよそ（凡そ）**

兩者含義、用法完全相同。

基本用法是修飾數量較多的數詞，表示對數量的大致的估計。相當於中文的**大約**、**約**。

○東京は**およそ**千万人ぐらいの人口がある。／東京約有一千萬左右的人口。

○いい車だから、**およそ**十万ドルぐらいするだろう。

是一輛好車子，所以大約要十萬美元吧。

用來修飾動詞，表示大部分情況、大致的情況。相當於中文的**大致**。

○彼の話を聞いてそのことは**およそ**分かった。

聽他一講，那件事我大致知道了。

○これで勝負は**およそ**決まった。／這樣一來，勝負大致抵定了。

這時也可以用**およその＋体言**作連體修飾語來用。相當於中文的**大致的**。

○詳しいことはどうでもいいから、**およその**事を話してください。

枝微末節就不管了，請講講大致的情況吧！

有時與否定術語相呼應來用，相當於中文的大都不⋯⋯。

○そんな商売は**およそ**儲かることはない。／那種買賣大都不會賺錢的。

○そんな科目は**およそ**実生活の役にはたたない。

那科目在實際生活當中，大都不會運用到。

6ほぼ（略）

基本用法與**およそ**相同，也修飾數詞，表示對數量做大致的估計。相當於中文的**大約**。

○家から学校までほぼ二キロある。／從家到學校大約有兩公里。

○講演を聞きに来た人はほぼ二千人もいた。／來聽演講的人，約有兩千人。

引申修飾動詞，表示估計上，大致接近總數的全部。相當於中文的**大致**。

○校正はほぼおわった。／校對大致完成了。

○お話を聞いて、事件のあらましはほぼ分かった。

聽你一講，事件的前後情況我大致都知道了。

有時也可以用來修飾形容詞、形容動詞。相當於中文的**大約**、**大致**。

○円の周囲は直径の三倍にほぼ等しい。／圓周大約等於直徑的三倍。

3 表示全部的數量副詞

是表示全部、全體的副詞。

常用的有：みな、すべて、全部、すっかり、そっくり、ことごとく等。

1みな（皆）、みんな（皆）　兩者基本上是相同的。

它們本來是名詞，用於人時表示**大家**；用於物時表示**全部**。

○みんながらいろいろ意見を聞きました。／從大家那裡聽到了許多意見。

○みなでいくらですか。／一共多少錢。

引申作為副詞用，多修飾動詞，也是既可以用於人，也可用於物。表示**全部**、**大家都**。

○ぼくらはみなその案に反対します。／我們大家都反對那個提案。

○引き出しにしまってあるお金はみな盗まれました。／放在抽屜裡的錢都被偷走了。

○品物はあっという間にみな売り切れました。／商品轉瞬間全都賣光了。

也可以用みなです、みんなです作術語用。

○責任はきみだけにあるのではない。悪いのはみなです。

責任並不僅僅在你，是大家都不好。

2すべて　它本來也是名詞，但與みんな、みな不同，它只代表事物，而不能代表人。相當於中文的**全部**、**一切**、**全部東西**。

○火事が起って家も家財道具もすべてを失った。
發生了火災，房子和家具全部燒掉了。
○すべてが順調に運んでいる。／一切都在順利進行中。
在講人的時候，則要用すべての人，相當於中文的**所有的人**。
○すべての人を平等に扱うべきだ。／應該平等對待所有的人。
引申作為副詞來用，仍只能講某些事物，表示**全部**、**全**。
○すべて先生のいう通りです。／全部的事情就像老師說得那樣。
○大江先生の書いた小説をすべて読んだ。／（我）把大江先生寫的小說全看完了。
○これで試験はすべて終わった。／到此考試全部結束了。

3ぜんぶ（全部）　它本來也是名詞，多用於物，有時也用於人，表示**全部**。但它是書面用語，用於日常會話稍嫌生硬。相當於中文的**全部**、**所有**、**全體**。
○所持金の全部を使い果たしました。／把帶來的錢全部花光了。
○船が海に沈んで、乗っていた人の全部が死んでしまいました。
船沉到海裡，全體乘客都遇難了。

引申作為副詞用，多修飾動詞，也多用於事物，表示**全部**，個別時候用於人，表示**全體**。相當於中文的**全部**、**全體**、**全**。

○二日間でこの本を**全部**読んでしまいました。／花兩天時間就把這本書全看完了。

○学生は**全部**ハイキングに出かけました。／學生全部去旅遊了。

4すっかり　它與前面的みな、すべて、**全部**不同，它原本就是副詞，是用來表示全部的數量副詞。多修飾動詞，表示具有數量概念的事物**完全**如何如何。相當於中文的**全**。

○菓子がおいしかったので、**すっかり**食べてしまった。

因為點心很好吃，所以全吃光了。

○中学校で習った英語は**すっかり**忘れてしまいました。／國中時學的英語全忘了。

○暖かくなったので、積もっていた雪も**すっかり**解けました。

天氣暖和，積雪全融化了。

有時也用於數量難以衡量的事物、情況，產生完全徹底的變化。相當於中文的**全**、**完全**、**徹底**。

○三日間休んで、病気が**すっかり**治りました。／休息了三天，病全好了。

○台湾はもうすっかり夏になって、上着を着ていると暑いぐらいです。

台灣已完全進入夏天，連穿件上衣，也覺得熱。

5そっくり 它原本就是副詞，與すべて、全部的副詞含義、用法相同。一般修飾動詞，表示所有的東西、一個不剩地全部如何如何。相當於中文的**全都**、**全**。

○持っている金をそっくり出せ！／把身上的錢，全交出來！

○二人の弟はその魚をそっくり食べてしま今した。／兩個弟弟把那條魚全吃了。

○彼は父の財産をそっくりもらったので、いま大きな会社の社長となっています。

他繼承了父親全部的財產，現在當上一家公司的社長。

也表示**物事のあったままの状態**的意思，即表示原來的完好的狀態。可譯作中文的**完好**、**原封不動**。

○家は焼けたが、金庫はそっくり残っていた。／房子被燒毀了，但保險櫃卻完好如初。

但它用そっくりだ、そっくりな時，則是形容動詞，而不是副詞；意思也有所不同，表示**很相像**、**完全一樣**。例如：

○あなたの声はお兄さんとそっくりですね。／你跟你哥哥的聲音完全一樣啊！

○あなたはお父さんにそっくりな顔をしていますね。／你長得和你父親一模一樣。

6ことごとく（悉く） 它原本就是副詞，與みな、すべて的副詞用法大致相同，表示某種事物全部處理某種情況、狀態。多修飾動詞，相當於中文的**全部**、**全**。但它是書面用語，用在會話裡顯得較生硬一些。

○今度の台風のために、高雄も台南もことごとく被害を蒙った。這次的颱風，讓台南和高雄都受到波及。

○商売が失敗してしまって財産をことごとく失いました。經商失敗，財產全賠進去了。

○彼の言うことはことごとくそうだ。／他講的話全都是假的。個別的時候，也可用ことごとくの体言作連體修飾與來用。相當於中文**全部的**、**全體的**。

○彼の発言に対してことごとくの人が反対だ。／對於他的發言，全體人員都反對。

○その時、ことごとくの店はもう戸をしめていた。／那時後，商店全都關門了。

2 其他的程度副詞

下面是一些不屬於上述程度副詞的程度副詞，它們有以下幾種類型：

① 表示特別的程度副詞

常用的有：とりわけ、ことに、ことのほか、とくに等。

1 とりわけ　也用とりわけて，兩者含義、用法相同，都表示事物的某一部分與其他部分比較起來，**特別**如何如何。它既可以用於積極方面，也可以用於消極方面。相當於中文的**特別**。

多修飾形容詞、形容動詞。

○どの学科の成績もみないいのだがとりわけ数学がいい。

每科成績都很好！特別是數學最棒了。

○成績はあまり芳しくないが、とりわけ日本語の会話がわるい。

成績不太好，特別是日語的會話最差。

○この地方では雨が多いが、とりわけ七月は雨量が多い。

這個地方多雨，尤其是七月雨量更多。

○今日はとりわけ寒いですね。／今天特別冷啊！

個別時候也修飾動詞。

○彼はとりわけ君には目をかけている。／他特別照顧你。

2ことに（殊に） 與とりわけ含義、用法相同，也表示事物的某一部分與另一部份比較**特別**如何如何。它也多修飾形容詞、形容動詞，個別時候修飾動詞。相當於中文的**特別**。

○日本料理はみんな好きなのだが、てんぷらがことに好きだ。

日本菜我都喜歡，特別喜歡吃炸蝦。

○日本語の勉強の中で助詞の使い方がことに難しい。

在學習日本語時，助詞的用法特別難。

○旅行中はことに体に気をつけねばなりません。／在旅行中，要特別注意身體。

但ことに不能用於否定形式的句子。例如下面的句子都是不通的。

×ことに英語が悪いというのではない。

×ことに寒い日ではない。

這時一般要用とくに來講。

○とくに英語が悪いというではない。／並不是英語特別不好。

○とくに寒い日ではない。／並不是特別冷的日子。

3ことのほか（殊の外）

基本上含義與ことに相同，但比ことに所強調的語氣更強，因而產生了思いのほか、**意外**に的意思，表示**意外地**。相當於中文的**特別**、**意外地**。

○この仕事はことのほか難しかった。／這件工作特別（意外地）難。

○今度の試験ではことのほか、いい成績をとった。

在這次考試中，意外地取得了好成績。

4とくに（特に）　與ことに含義、用法很相似，也是既可以修飾形容詞、形容動詞，也

可以修飾動詞。也表示某一部分與其餘部分比較起來，程度上有很大的不同。相當於中文的**特別**。

○本州の北部は雪の多いところだが、とくに山陰地方では雪が二メートルもつもるときがある。

本州的北部是多雪的地方，特別是山陰地方有時積雪高達兩公尺之多。

○年の暮れはみんな忙しい。中でも商人はとくに忙しい。

年終大家都忙，尤其是商人特別忙。

○とくに注意すべきことを二三言っておきます。／我提了兩三個需特別注意的事情。

但它一般不能修飾否定形式的形容詞、形容動詞、動詞，因此下面的說法是不通的。

×とくに悪くない。

×とくに面白くない。

但有時可以用下面的說法，即用～ではない形式，不過它並不是修飾否定的詞語的，而是修飾前面的形容詞、形容動詞。

○成績がとくに悪いのではない。／成績並不特別差。

○それはとくに難しい問題ではない。／那並不是特別難的問題。

2 表示異常程度的程度副詞

常用的有：いやに、ばかに、やけに

由於它們都含有異乎尋常、程度過分的意思，因此都含有貶義。

1いやに（嫌に）　它是從形容動詞いやだ轉化來的程度副詞，俗語。表示事物等的狀態異乎尋常，令人討厭。相當於中文的**異常地**、**異乎尋常地**、**很**、**…厲害**。

多修飾形容詞、形容動詞、狀態動詞。

○何だか、いやに暑いね。／不知為什麼，熱得很！

○今日はいやにきれいですね。／今天異常地漂亮喔。

○いやに痩せている人だ。／是一個異常瘦的人。

個別的時候，修飾動作動詞。

○いやに話が弾んでいますね。／話講得很起勁啊！

2ばかに（馬鹿に）　它是從形容動詞ばかだ轉化來的程度副詞、俗語。與いやに的含

義、用法基本上相同，表示事物的狀態異乎尋常，程度過分，可與いやに互換使用。相當於中文的…**厲害**、…**過分**、**很**…。

多修飾形容詞、形容動詞，有時也修飾動詞。

○今日はばかに暑いですね。／今天熱得很！

○値段がばかに高いので、買えません。／價錢貴得厲害，買不起。

○ばかに喉が乾きますね。／渴得很！

3やけに　也是俗語。與いやに、ばかに的含義、用法相同，表示事物狀態異乎尋常，程度過分，可與いやに、ばかに互換使用。相當於中文的…**厲害**、**很**。

○やけに暑いです。／熱得厲害啊。

○やけに疲れました。／很累了。

2 表示真實的程度副詞

常用的有：ほんとうに、まことに、じつに、まったく、どうも。

它們都表示事物的狀態是真實的，是不折不扣的。

1ほんとうに（本当に）　是在名詞**本当**後面後續に構成的副詞，既可以修飾形容詞、形容動詞，也可以修飾動詞，表示是真實的、不折不扣的。相當於中文的**真…**、**實在是…**。

○この小説は本当に面白い。／這本小說真有意思。

○本当に静かなところですね。／真是個安靜的地方啊！

○本当にお気の毒でした。／真是抱歉！

○本当にすみませんでした。／真是對不起了。

2まことに（誠に）　是在名詞**まこと**下面接に構成的副詞，與**ほんとうに**含義、用法基本上相同，也是既可以修飾形容詞、形容動詞，也可以修飾個別的動詞，表示是真實的，不折不扣的。但它是書面用語，多用在比較鄭重的談話或文章。相當於中文的**真**、**實在…**。

○まことに面白い言い方ですね。／真是有趣的說法啊！

○まことにおっしゃるとおりです。／真的就像您說的那樣！

○まことに申しわけございません。／實在抱歉！

3じつに（実に） 與ほんとうに的含義、用法相同，也多修飾形容詞、形容動詞以及個別的動詞，表示真實的、不折不扣的。相當於中文的**真**、**實在**、**的確**。

○**実**にすばらしいだしものだ。／真是精采的節目。

○**実**にひどい話だ。／實在太過分了。

○**実**にこの絵はよく描けている。／這幅畫畫得真好。

4まったく（全く）

它的基本含義與ほんとうに、じつに等稍有不同：用於肯定句子時，與かんぜんに意思相同，表示**完全…**，用於否定句子時，與ぜんぜん意思相同，表示**完全不…**。

○あなたの考えは**まったく**正しい。／你的考慮完全正確。

○この眼鏡は**まったく**役に立ちません。／這副眼鏡完全不管用。

引申作為じつに的意思來用，表示真實的、不折不扣的。相當於中文的**真**、**實在**。

○**まったく**すばらしい絵だ。／實在是福好畫。

○今日は**まったく**暑いね。／今天可真熱啊！

○まったく困った男だ。／這個人可真拿他沒辦法。

5どうも　它雖然可以修飾形容詞、形容動詞或動詞，同時也含有ほんとうに、まったく的意思，但它的含義、用法要廣得多，還有其他的用法。

イ、作為寒暄語用，與ほんとうに、まったく的含義相同，表示實在是…。相當於中文的**實在是…**、**真是…**、**真…**。

○どうもありがとうございました。／真謝謝您了！

○やあ、どうも申しわけございません。／哎呀！真是對不起啊！

○どうも御無沙汰しておりましたが、お元気ですか。／好久不見了，您好嗎？

也可以省略下面的述語部分，只用どうも表示上述的意思。

○この間、どうも。／前幾天的事，謝謝你了。

○やあ、どうも。／很對不起。

它除了作為寒暄用語以外，還可以用在日常生活用語當中，也表示ほんとうに、まったく的意思。

○数学はどうも難しい。／數學真難。

○彼の話はどうもおかしい。／他講的話真奇怪。

ロ、它還可以與～ない相呼應使用，構成どうも～ない句式，表示無論如何也做不到。相當於中文的**怎麼也不…**。

○朝から考えているのだが、どうもわからない。

從早上就一直在想，可是怎樣也搞不懂。

○何回もやってみたが、どうもうまくいかない。

做了好幾遍，可是怎樣都無法成功。

ハ、還可以與推量詞語～ようだ、～らしい、～かもしれない相呼應使用，構成どうも～ようだ、どうも～らしい、どうも～かもしれない句式，表示總感覺…、似乎是…。

○どうも道を間違えたようだ。／似乎是走錯了路。

○どうも病気になったらしい。体がだるいから。／四肢無力似乎是生病了。

○彼の言うことはどうも嘘らしい。／總覺得他是在騙人。

有時述語部分不用推量詞語，也含有推量的意思。

○どうも体の調子が変だ。／總覺得身體不太好。

④表示意外的程度副詞

常用的有：案外、存外、思いのほか、意外に

都表示事物的狀態異乎尋常，出乎人們意料之外。

1あんがい（案外） 它是わりあい的反義詞，表示某種情況出乎人們意料。相當於中文的**出乎意料、意料之外、意外地**。

○今度の成績はわりあいよかった。／這次的成績比較好。

○今度の成績は**案外**よかった。／這次的成績出乎意料地好。

○**案外**その映画はつまらなかった。／出乎意料，那部電影可真無聊。

○今度の試験では**案外**易しい問題がでたから、よくできた。

這次考試出乎意料之外，題目很簡單所以考得很好。

2ぞんがい（存外） 是俗語。與**案外**的含義、用法基本上相同，多修飾形容詞、形容動詞，也修飾動詞，表示出乎人們意料之外。相當於中文的**出乎意料、意料之外、意外地**。

○この菓子はぞんがいうまい。／這個點心出乎意料得好吃。

○あの子は**ぞんがい**利口だ。／那個孩子出乎意料之外得聰明。

○今度の試験では**ぞんがい**よくできた。／這次的考試意外的考得很好。

3おもいのほか（思いのほか） 也用思いのほかに，兩者相同，都與**案外**、**存外**的含義、用法相同，也是既可以修飾形容詞、形容動詞，也可以修飾動詞，表示出乎人們的意料之外。相當於中文的**出乎意料地**、**意料之外地**、**意外地**。

○今度の入学試験はおもいのほかやさしかった。

這次的入學考試出乎意料地容易。

○小さな町だが、おもいのほか、交通が便利なところだ。

雖是個小城鎮，可是交通出乎意料地方便。

○日本のことは、彼は**おもいのほか**何でも知っているので、びっくりした。

關於日本的事情，意外地他什麼都知道，真令我驚訝。

4いがいに（意外に） 也可以說**意外にも**，兩者完全相同，與**案外**、**存外**、思いのほか等含義近似，但又不完全相同。

它們多修飾形容詞、形容動詞，個別時候修飾動詞。

但**案外**、**存外**、**思いのほか**是事先對某種情況、狀態有一定的想像、估計，但與所想像的、所估計的相反，出乎意料之外如何如何；而**意外に**則沒有事先的估計、想像，竟意外地出現了某種狀態、情況，含有非常意外，完全沒有想到的意思。相當於中文的**意外地**。

○彼は意外に百点をとった。／他意外地拿了滿分。

○今年の冬は意外に暖かい。／今年的冬天意外地暖和。

○意外にも銀座で台湾から来た中学校時代の友達に会った。

意外地竟在銀座遇到了同樣是從台灣來的國中同學。

○商売は意外に振わない。／買賣意外地蕭條。

第六章 陳述副詞（一）——肯定呼應、否定呼應、推量呼應、感嘆呼應

1 陳述副詞及其分類

它是與情態副詞、程度副詞相對的副詞，是修飾、限定述語（這一述語既可以是形容詞、形容動詞也可以是動詞）和後面整個敘述內容的副詞，因此也稱之為敘述副詞。用這類副詞可以引導敘述內容使其更加準確、更加有效地表達講話的人的思想和意向。

陳述副詞通常和術語或者和後面特定的詞語、特地的意義相呼應使用，因此有的學者稱之為呼應副詞。

從它們呼應的情況來看，大致有以下一些類型：

（1）肯定積極的呼應　如：

かならず／一定　　きっと／一定

どうしても／無論如何　　きまって／一定

やっと／好不容易　　ようやく／好不容易

(2) 否定消極的呼應　如：

ちっとも／一點也不　　すこしも／一點也不

決（けっ）して／決不　　とうてい／無論如何也不

さっぱり／完全不　　ぜんぜん／完全不

とても／怎麼也不　　めったに／不大

あまり／不太　　大（たい）して／不太

(3) 推量的呼應　如：

たぶん／大概　　おそらく／大概

きっと／一定會　　さぞ／想必、一定

まさか／不會　　よもや／不至於

(4) 感嘆的呼應　如：

なんと／多麼　　どんなに／多麼

(5) 比況樣態的呼應　如：

ちょうど／好像　　まるで／好像

あたかも／恰似　　さながら／宛若

さも／似乎是　　いかにも／似乎是

(6)願望命令的呼應　如：

どうぞ／請　　どうか／請

なにとぞ／請　　ひとつ／請

ぜひ／無論如何　　ぜひとも／無論如何

(7)疑問的呼應　如：

どう／怎樣　　どうして／為什麼、怎樣

なぜ／為什麼　　いつ／什麼時候

いかに／如何　　いかが／怎樣

(8)反問的呼應　如：

どうして／怎麼能

(9)假定的呼應　如：

もし／如果、假若　　まんいち／萬一
かりに／假若　　どうせ／反正
たとえ／即使　　いくら／即使
どんなに／無論怎樣

(10)確定的呼應　如：

なにしろ／無論怎麼說　　せっかく／好不容易
どうせ／反正　　わざわざ／特意地
なるほど／的確

下面就針對上述一些副詞逐一進行說明。

2 肯定積極的呼應副詞

它們與肯定積極的術語相呼應。

常用的有：かならず、きっと、どうしても、やっと、かろうじて、ようやく等。

1かならず（必ず）　它是書面用語，用在口語裡語氣較強，與肯定積極的詞語相呼應，表示強烈的肯定，含有**毫無疑問**、**一定**的意思。具體分析起來，用於第一人稱表示自己的決心；用於第二人稱時，有命令的語氣；用於第三人稱時，表示對第三人稱活動的推量；用於客觀事物時，表示毫無例外地要發生某種情況，相當於中文的**一定**、**毫無疑問地**、**務必**。

○晩の六時にかならず参ります。／晚上六點我一定去。

○明日かならずいらっしゃってください。／明天請您務必來一趟！

○Bチームはかならず勝ちます。／B隊一定會贏。

○食べすぎれば、かならず胃腸を壊します。／吃太多，一定會把腸胃弄壞。

○普通の風邪なら、アスピリンを飲めば、かならずなおります。

如果是普通感冒的話，吃了阿斯匹靈一定會好的。

2きっと（屹度） 它是口語，也表示肯定，但沒有かならず語氣那麼強烈，多少帶有推量的語氣。也是用於第一人稱時，表示自己的決心；用於第二人稱時仍表示命令；用於第三人稱、客觀事物、自然現象則表示推量。相當於中文的**一定**。

○きっと行きますから、待ってくださいね。／我一定去，你等我喔！

○明日きっと来てね。／你明天一定要來啊！

○彼は晩の六時までにきっと帰ってくるだろう。

他在晚上六點以前，一定會回來的。

○明日はきっと晴れだろう。／明天一定是晴天。

3どうしても 與かならず、きっと含義、用法大致相同。它是口語，在講話中使用的頻率較多，也表示**一定**的意思。具體分析，用於第一人稱時，多與～たい、～なければならない

等相呼應來用，表示自己的決心、願望；用於第二人稱時，多與～てください用在同一個句子裡，表示對方的請求、命令；用於客觀事物方面，表示必然的結果。相當於中文的**無論如何**、**一定**，或適當地譯成中文。

○どうしても百点をとりたいんです。／我無論如何也想得滿分。

○大事なことだから、どうしても自分でやらなければなりません。

這是件重要的事情，無論如何也得自己去做。

○どうしても今月中にやってください。／無論如何也得在這個月內完成。

○材料が不足ですから、工事の完成はどうしても来月ごろになります。

因為材料不足，無論如何也得到下個月才能完工。

它也可以與否定詞語～ない相呼應使用，請參考本章下一篇的否定消極呼應部分。

4きまって（決って） 與きっと、かならず含義、用法大致相同，也表示肯定。但它多用來講自然現象、客觀真理或人們的習慣活動等。相當於中文的**一定**。

○台風が来ると、きまって大雨がある。／颱風一來，一定會下大雨。

○こんな汚い水を飲むと、きまって病気になる。

喝這麼髒的水，一定會生病。

○私が風邪をひくと、きまって頭が痛くなる。／我一感冒，一定會頭痛。

5やっと　與肯定述語相呼應，表示經過一定的時間，或經過一定的努力，**好不容易**才達到某種情況貨達到某一水準、程度。**好不容易**。

○一時間待ってやっと順番が来た。／等了一個小時，好不容易才輪到我。

○バスに三時間揺られてやっと目的地についた。

在公車上搖搖晃晃了三個小時，好容易才達到了目的地。

○いろいろ辞書を調べてやっと分かった。／查了很多字典，好不容易才弄懂了。

6かろうじて（辛うじて）　與肯定術語相呼應，表示經過不屈不撓的努力**好不容易**、**勉強強地**才發現了某種肯定的情況，這時可換用やっと。相當於中文的**好不容易**。

○船が沈没してしまった。李君はかろうじて（○やっと）板子につかまって死をまぬがれた。

船沉沒了。李先生好不容易抓到一塊木板，才死裡逃生。

○道に迷った一行は羅針儀に頼ってかろうじて（○やっと）目的地にたどりついた。

一行人迷了路，靠指南針好不容易才抵達了目的地。

7ようやく（漸く） 也與肯定術語相呼應，表示長時間未能實現的事情，經過一段時間，終於實現了。這時可換用やっと，但不一定能換用かろうじて。相當於中文的**好不容易、終於**。

○そのテープを繰り返して聞いてようやく（○やっと）分かった。

反覆聽那捲錄音帶，好不容易才弄懂了。

○長年の努力の末、ようやく（○やっと）その実験を成功させた。

經過長期的努力，好不容易把實驗弄成功了。

○走って走ってようやく（○やっと）間に合った。／跑呀跑的，好不容易才趕上了。

3 否定消極的呼應副詞

也就是與術語部分的否定消極詞語相呼應的副詞，具體分析它們還有兩種類型：

1 全面否定

常用的有：ちっとも、すこしも、いっこうに、さっぱり、全然（ぜんぜん）、けっして、絶対（ぜったい）に、とうてい、とても、二度（にど）と、なんら、何（なに）も、どうにも**等**。

這類副詞都與ない或消極詞語相呼應，以加強否定的語氣，表示完全否定、全面否定。

1ちっとも 是口語，表示對事物的某種情況全面否定、完全否定。相當於中文的**一點也不…、絲毫也不…**。

○この小説（しょうせつ）は<u>ちっとも</u>面白（おもしろ）くない。／這本小說一點也不有趣。

○毎日練習しているが、ちっとも上手にならない。
雖然每天練習，但卻絲毫沒進步。
○今年にはいって、ちっとも雨が降らない。／從今年開始就一滴雨也沒下。
○何をいっているか、ちっともわからない。／他在說什麼，我一點也不懂。

2すこしも（少しも）　與ちっとも含義、用法完全相同，也表示事物的某種情況全面否定，完全否定。只是它是書面用語，多用於比較鄭重的談話。相當於中文的**絲毫也不**、**一點也不**。

○フランスへ行ったことがあるが、フランス語は少しもわかりません。
我去過法國，但對法語一竅不通。
○山の中だから、夏になっても、少しもあつくありません。
在山上即便到了夏天還是一點都不熱。
○いくら薬をのんでも、少しもよくなりません。／不管怎樣吃藥還是不見起色。

3いっこうに（一向に）　也可以用いっこう，它們與ちっとも、すこしも的含義、用法相同，用以強調否定的語氣。相當於中文的**毫不…**、**一點也不…**。

○そんな人はわたしは一向に知りません。／那種的人，我一點也不想搭理。

○いくら叱っても一向にき聴ません。／無論怎麼說他，他也不聽。

○いくらがんばっても、一向にはかどりません。／無論怎麼努力，還是毫無進展。

有時也像下面這樣用於肯定的句子。

○何と言われても一向に平気です。／無論別人怎麼說，他也絲毫不在乎。

這個句子之所以深入探討，是因為它形式上雖然是肯定句，但實際上是含有否定意思的，即きかない（不聽）的。

4さっぱり　表示與自己所期望的事情相反，不出現自己所期望的情況。相當於中文的**完全不…、仍然不…**。

○いくら調べても、さっぱり分かりません。／無論怎樣調查，還是不懂。

○いつそんなことがあったか、さっぱり思い出せません。

什麼時候有那種事，我完全想不起來。有時也用於形式上是肯定的，內容是否定句。

○日本へ来てもう一年になりました。けれども日本語はさっぱりだめです。

來日本已經一年了，但日語仍然完全不行。

有時將否定術語部分省略，也表示相同的意志。

○台湾では売れるが、日本では**さっぱり**です。

在台灣可以銷售，但在日本完全不行。

○二ヵ月も、いろいろ薬を飲んだが、効果は**さっぱり**。

兩個月內吃了許多藥，可是仍然毫無效果。

5ぜんぜん（全然）　表示對客觀情況徹底全面的否定。相當於中文的**完全不…**、**絲毫不…**。

○春になったが、気温は**全然**上がりません。／春天到了，可是氣溫絲毫沒有上升。

○この学校に入ってから、**全然**病気をしたことはありません。

進入這所學校後，從未生過病。

○いくら薬を飲んでも**全然**効果はない。／無論怎樣吃藥，還是毫無效果。

有時也用於形式肯定、內容是否定的句子。

○きみの言うことは**全然**無意味です。／你講的毫無意義的。

○それは全然(ぜんぜん)だめだ。／那完全不行。

6けっして（決(けっ)して）　用於第一人稱時，表示講話人的否定意志；用於第二人稱時，表示說話者對對方的禁止命令；用於第三人稱或客觀事物，表示自己對第三人稱或這些事物的認識。相當於中文的**決不…**、**千萬不…**。

○わたしは決(けっ)して嘘(うそ)を申(もう)しません。／我決不說謊。

○決(けっ)してこんな失敗(しっぱい)を繰(く)り返(かえ)してはいけません。／決不再重蹈覆轍！

○決(けっ)して心配(しんぱい)するな。／千萬不要擔心！

○こんなことをしていると決(けっ)して損(そん)することはありません。／做這件事決不會吃虧的。

7ぜったいに（絶対(ぜったい)に）　表示無論在任何情況下都絕不會如何如何。也是用於第一人稱表示自己的否定意志；用於第二人稱表示禁止命令；用於第三人稱或客觀事物表示自己對它們的認識。都相當於中文的**絕不…**。

○わたしは絶対(ぜったい)にそんなことをしません。／我絕不做那種事。

○絶対(ぜったい)に嘘(うそ)をついてはいけません。／絕不要撒謊！

○そんなことは絶対(ぜったい)にありません。／絕不會有那樣的事。

它還可以用來與肯定述語相呼應，相當於中文的**絕對**。

○アメリカへ行くのなら、英語の勉強が**絶対に**必要だ。

想去美國的話，學習英語是絕對必要的。

○わたしはあなたのお考えには**絶対に**反対だ。／我堅決反對你的想法。

由於**絶対に**與**決して**都可以與否定述語相呼應，因此在否定句子中，兩者都可使用，含義相同。

○それは**絶対に**正しい答えではない。／那絕不是正確的答案。

○それは**決して**正しい答えではない。／那絕不是正確的答案。

但述語用肯定形式結尾，表示相同的意思時，由於**絶対**可以用肯定述語，因此這時只能用**絶対に**，而不能用**決して**。

○それは**絶対に**正しくない答えだ。／那絕對是錯誤的答案。

×それは決して正しくない答えだ。

8とうてい（到底）　加強否定的氣。相當於中文的**無論如何也不…**、**怎麼也不…**。

○中学生だから、**とうてい**そんな難しい問題はできません。

國中生是無論如何也解不開這難題的。

○今から慌ててもとうてい間にあいません。／現在再怎麼著急也來不及了。

○彼はそんなことをするとはとうてい信じられません。

我怎麼也不相信他會做那種事。

9とても　與とうてい含義、用法相同，也用來加強否定的語氣。相當於中文的**無論如何也不…、怎麼也不…**。

○一週間ではとてもできません。／一個星期實在是無法完成。

○とても三十歳とは見えません。／怎麼也不像三十歲。

○二日間ではとても往復できません。／兩天內無論如何是往返不了的。

它還可以用於肯定的句子裡，表示從…的意思。請參看第P132

10にどと（二度と）　與絶対に含義、用法大致相同，表示決不使同一事態、同一情況再重新發生。相當於中文的**絕不再…**。

○二度とこんな悪いことはしません。／我絕不再做這樣的壞事。

○二度とこんなつまらない物を買いません。／我絕不再買這類無聊的東西。

○二度とこんな過ちを犯してはいけません。／絕不要再犯相同的錯誤。

○これは二度とないいい機会だ。／這是個難得的機會。

11なんら　與全然含義用法相近似，表示人與人、事物之間沒有任何聯繫。相當於中文的**沒有任何…、毫無…**。

○それはわたしとなんら関係がない。／那和我沒有絲毫關係。

○事故が起ってから、なんら処置も取らなかった。

發生事故以後，沒有採取任何措施。

○こんなことをしてもなんら得るところがない。／即使這麼做，也是毫無所獲。

12なにも（何も）　與否定述語相呼應，有以下幾種形式：

イ　何も～ない　表示**什麼也不…**、**什麼也沒有…**。

○そのことについて何も知らない。／關於那件事情我什麼都不知道。

○何も悪いことをしていないのに、叱られた。／什麼壞事都沒做，卻挨了罵。

ロ　何も～ことはない　相當於中文的**沒有什麼…**、**沒有必要…**、**又何必…**。

○何も怒ることはない。／沒有必要生氣。

○何もそんなに急ぐことはない。／沒有必要那麼著急。

ハ　何も～ではない　相當於中文的**並不是…**。

○何も君が悪いのではない。彼がよくないのだ。／並不是你不好，是他不對。

○こんな仕事は何も始めてではないのだから、大した問題はないだろう。

這工作不是第一次做，不會有什麼大問題的吧！

ニ　～も～、何も～ない

也可以用**～も何も＋消極詞語**，表示將一切情況、事物全部否定掉。相當於中文的**什麼都（沒有），一切都（沒有）**。

○彼には学歴も何もない。／他連學歷什麼都沒有。

○御馳走も何もありません。／沒有什麼好吃的。

○家屋も何も地震で焼かれた。／房屋什麼的都讓地震給毀了。

13どうにも　與否定消極詞語相呼應，它有下面兩種用法：

イ、どうにも～ない　ない**多接在動作動詞下面，表示毫無辦法**。相當於中文的**怎麼也不…、毫無…**。

○どうにも仕様(しよう)がない。／怎麼也沒有辦法。

○こんな安月給(やすげっきゅう)ではどうにも暮(く)らせない。／這麼低的薪水，根本無法生活。

○そんなことをしても、どうにもならない。／即使作到那樣，也是徒然。

口、**どうにも～消極詞語**　**述語多表示不愉快、很困難之類的消極用語，含有實在、簡直、完全的意思。**相當於中文的**真、簡直、完全**。

○どうにも困(こま)った。／真不好辦。

○どうにも腹(はら)が立(た)つ。／真讓人生氣。

○どうにもいやな気持(きも)ちだ。／簡直讓人討厭。

2 部分否定

常有的副詞有：あまり、さほど、大(たい)して、そう、べつに、めったに、ろくに、あながち、かならずしも、まんざら**等**

它們與前面表示全部否定的副詞不同，表示不完全是某種情況，也有可能是其他的情況。

1あまり　與否定述語相呼應，表示誠度不是很高，數量不是很多。相當於中文的**不大…、不太…**。

○値段が安いから、あまりいい品ではありません。

價錢便宜，不是什麼很好的東西。

○台湾ではフランス語を勉強する人はあまり多くありません。

在台灣學習法語的人不太多。

○静かではあるが、交通はあまり便利ではありません。

環境是很安靜，但交通不太方便。

○頭はいいが、あまり勉強しません。／雖然很聰明，但不大用功。

它還可以用於肯定的句子，請參考本書第四章P132部分，有關程度很高的副詞。

2さほど　與あまり含義用法相同，也與否定述語相呼應使用，程度不是很高，數量不是很多。但它書面用語，多用於鄭重的談話。相當於中文的**不大…、不……**。

○試験はさほど難しくありません。／考試並不太難。

○それはさほど静かでないところだ。／那是一個不太安靜的地方。

○さほど勉強もしないのに、いい成績をとった。

儘管不大用功，卻成績不錯。

它可以用さほどのこと作連體修飾與用，但後面仍用否定詞語。

○さほどのこともない。／沒什麼大不了的事情。

3大して（大して） 與あまり、さほど含義、用法相同，與否定述語相呼應，也表示程度不是很高、數量不是很多。相當於中文的**不大…**、**不太…**。

○夏休みだから大して忙しくありません。／因為是暑假，所以不太忙。

○わたしはそんな映画には大して興味がありません。／我對那種電影不大感興趣。

○かれは大して勉強もしていないから、落第するのも不思議ではありません。

他不大用功，會落榜也不太令人意外。

它作連體修飾語來用時，用**大した＋体言**表示相同的意思。相當於中文的**沒什麼大不了的…**、**沒什麼…**。

○御馳走といっても大したことではありません。／雖說是大餐，但也沒什麼大不了的。

○けがをしたが、大したことはありません。／受了傷，但沒有什麼的。

4そう　已經在第三章情態副詞中的指示副詞部分稍作了說明，但它與否定詞語相呼應來用，因此也是陳述副詞，表示不是十分如何如何。相當於中文的**不大…**、**不太…**。

○この地方は**そう**熱くない。／這地方不大熱。

○あの映画は**そう**面白くない。／那個電影不大有趣。

○三時間働いたけれども、**そう**疲れていません。／雖然工作了三個小時，但不太累。

5べつに（別に）　與否定述語相呼應使用，表示並不特別如何如何。相當於中文的**不太…**、**沒有特別**。

○クーラーがなくても、**別に**熱くありません。／即使沒有空調設備，也不特別熱。

○国の方では**別に**変わりはありません。／家鄉的人都別來無恙。

○さっきは**別に**腹も立たなかったのですが、今度は癪にさわりました。

剛剛還不太生氣，但這次倒是真的惹毛我了。

它可以省略下面的否定述語部分，**別に**表示**不大…**、**不太…**的意思。例如：

○「このごろ忙しいですか」／「最近忙嗎？」

「いいえ、**別に**。」／「不，不太忙。」

6めったに（滅多に）　與否定述語相呼應，表示不經常出現的狀態。相當於中文的**不常…、不大…**。

○あの地方ではめったに雨は降りません。／那地方不常下雨。

○こんないい機会はめったにありません。／這種好機會是不常有的。

○めったにないことですが、停電で電車が止まることもあります。

雖然不常見，但電車有時也會因停電而停駛。

7ろくに（碌に）、ろくろく（碌碌）

兩者含義用法基本相同，只是ろくろく比ろくに語氣更強，都與否定詞語相呼應，表示不**能很好地、不能充分地**。相當於中文的…**不好，不愛…等**，或適當地翻譯中文。

○ろくに手紙も書けません。／連信也寫不好。

○彼はわたしに会っても、ろくに口を聞きません。／他見到我，也不太講話。

○ろくろく勉強もしないのだから、出来ないのはあたりまえだ。

不好好用功，成績不好也是理所當然的。

○うるさくてろくろく話もできません。／吵得連話也不能好好地講。

8あながち　也用あながちに，兩者含義用法相同，與否定述語相呼應，並且多用あながち～とはいえない、あながち～とはいいきれない、あながち～とはかぎらない句式，表示不能簡單地斷定是某種情況，因此它包含不屬於這種情況的場合。相當於中文的**不能…**、**不能說…**、**不一定…**。

○あながち悪いとは言えない。／不能說不好。

○あながち間違いはないとは言い切れない。／不能說絕對沒有錯誤。

○金持ちがあながち幸福だとは限らない。／有錢的人不一定都是幸福的。

9かならずしも（必ずしも）　與あながち的含義、用法相同，也與否定述語相呼應使用，並且多用かならずしも～とはいえない、かならずしも～とはいいきれない、かならずしも～とはかぎらない表示不能簡單地認為是某種情況，也許會有不屬於這種情況的場合。相當於中文的**不一定…**、**不能說…**。

○値段高いといっても、必ずしも品がいいとは言えない。

價錢雖貴，但東西不一定好。

○成績のいい学生はかならずしも頭がいいとは言い切れない。

不能說成績好的學生一定是聰明的。

○梅雨期（つゆどき）からといって、かならずしも毎日雨（まいにちあめ）が降（ふ）るとは限（かぎ）らない。

雖說是梅雨季，但也不一定每天都要下雨。

10 まんざら　與あながち、かならずしも含義用法相似，也與否定述語相呼應，但不一定與～とはいえない、～とはいいきれない、～とはかぎらない等結合在一起來用，表示不能完全加以否定。相當於中文的**並非完全…**、**不是完全…**，**並不…**。

○まんざら悪（わる）くもない。／並非完全不好。

○まんざらだめではない。／並非完全不可。

○まんざら棄（す）てたものではない。／並不是毫無價值。

○そういうのはまんざら根拠（こんきょ）のないことでもない。／那麼說並不是完全沒有根據。

4 推量的呼應副詞

常用的有：たぶん、おおかた、おそらく、きっと、さぞ、さぞかし、まさか、よもや等。

它們都與述語部分的表示推量的～だろう、～でしょう、～にちがいない等相呼應，表示推量。

1たぶん（多分） 是口頭用語，多用在會話中，與表示推量的詞語相呼應，表示口氣輕微的推量，既可以用於肯定推量，也可以用於否定推量，相當於中文的**大概…**、**或許…**。

○星がたくさん出ているから、あしたはたぶんいい天気でしょう。

星星好多，明天大概是好天氣吧！

○李さんは用事があるから、たぶん来られないでしょう。／李小姐有事，大概無法來了。

○電話をかけても誰も出て来ないから、家の人はたぶん留守でしょう。
電話都沒人來接，大概都不在家吧！
有時句末沒有出現確實推量的だろう、でしょう，但也表示推量。
○あの人はたぶん中国人だ。／他大概是中國人。

2おおかた（大方）　與たぶん含義、用法相同，也與推量詞相呼應，並且也是既可以用於肯定推量，也可以用於否定推量。相當於中文的**大概**、**也許**。
○あしたはおおかた晴れるでしょう。／明天大概是晴天吧！
○おおかたそんなことだろうと思った。／我想大概是那樣的吧！
另外它還可以作為概略副詞（程度副詞的一種）來用，詳見本書五章一P163。

3おそらく（恐らく）　與たぶん、おおかた的含義、用法相同，也與推量的詞互相呼應，也是既可以用於肯定推量，也可以用於否定推量。但表示推量的語氣比較輕微，且為書面用語，多用在比較鄭重的談話或文章中。相當於中文的**大概**、**恐怕**。
○彼はいまごろおそらく日本に着いただろう。／他現在大概到日本了吧！
○彼はおそらくそれを知らないだろう。／他大概不知道那件事情吧！

○この案を提出しても、多くの議員はおそらく賛成しないだろう。

即使提出這個議案，許多議員恐怕也不贊成吧。

與たぶん一樣，有時術語部分沒有出現~だろう等，表示推量的詞語，但也同樣含有推量的語氣。

○今度の試験はおそらくだめだ。／這次考試恐怕不行吧。

4きっと 在本章P213已將肯定、積極詞語相呼應部分作了說明。但它用於第三人稱或客觀事物時，則含有推量的語氣，這時則與たぶん、おおかた、おそらく意思相同，但推量的語氣更強。相當於中文的**一定…**。

○李さんはきっと来るでしょう。／小李一定會來的吧。

○父は六時までにきっと帰ってくるでしょう。／父親在六點以前，一定會回來的。

○空がいっぱい曇ったから、午後はきっと雨でしょう。

天空全陰了，下午一定會下雨吧！

5さぞ、さぞかし

さぞかし是さぞ的加強語氣的說法，兩者含義、用法相同，卻用來與推量詞語相呼應，

表示對對方或其他人的處境感到同情，因而以體諒的口氣來對對方或其他的人的處境來加以推量。在語法關係上，只能用於肯定的推量，而不能用於否定的推量。相當於中文的**想必…、一定…**。

○もうすぐお正月になるから、**さぞ**（○**さぞかし**）お忙しいことでしょう。
　很快就過年了，一定很忙吧！

○ご両親は**さぞ**（○**さぞかし**）心配しているでしょう。／您的父母一定很擔心吧！

○五六時間もの汽車で**さぞ**（○**さぞかし**）お疲れになったでしょう。
　坐五、六個小時的火車，一定很累了吧！

6まさか　它與前面幾個副詞不同，雖與下面的推量詞語相呼應來用，但它只與表示否定推量的術語（如～ないだろう、～まい）相呼應使用，表示對某種情況的否定推量，即設想某種情況不太會發生。相當於中文的**不會…吧**、**哪能…**呢，有時也可以譯成尋問形式**難道…嗎**，表示不會的吧。

○**まさか**彼はそんな人間ではないだろう。／他不會是那樣的人吧！

○そのことについて彼は**まさか**知るまい。／他不會知道吧！

○**まさか**そんなことはあるまい。／不會有那樣的事吧。

有時述語部分省略掉だろう、でしょう，只用否定形式，即用まさか～ない形式結句，表示不大可能。相當於中文的**不能**、**不會**。

○真夜中だから、**まさか**一人で散歩には行けない。

深更半夜，不會一個人出去散步的。

有時在會話裡，將句子的術語部分～ないだろう省略，單獨地用まさか，表示強烈的否定推量或反問以及難以置信的心情。相當於中文的**不會吧**！、**真的嗎**？

○「王さんはマラソン競争で一等をとったそうです。」

「聽說王同學在馬拉松賽跑中得了冠軍。」

「まさか、嘘でしょう。」／「真的嗎？不會吧？」

也可以用**まさかの時**作慣用語來用，表示意外的危急的時候，相當於**萬一的時候**、**危急的時候**。

○まさかの時の用意に少し貯金をしましょう。

以防萬一，多少存些錢吧！

7よもや　與まさか含義、用法相同，與否定推量術語（～ないだろう、～まい等）相呼應使用，也表示對某種情況的否定推量，即設想某種情況不大可能實現。相當於中文的**總不至於…吧**，也可以譯作反問形式**難道…嗎**？表示不會的吧。

○よもや、ぼくの顔を忘れはしないだろう。／總不致於把我的長相都忘了吧！

○よもやそんな馬鹿なことはするまい。／難道會做那種傻事？

○よもや人のものを盗むことはあるまい。／總不至於偷旁人的東西吧。

與まさか相同，有時省略～だろう、～でしょう等，只用否定形式，表示沒有。

○よもやこんなことが起こるとは思わなかった。／萬萬沒有想到會發生這樣的事。

有時在會話裡將句子的術語部分全部省略，單獨用**よもや**表示否定推量。

○よもやと思ったが、やはりそうだった。／我雖然認為不會，可是卻成真了。

5 感嘆的呼應副詞

常用的有：なんと、どんなに

也與～だろう、～でしょう相呼應使用，但它們不表示推量而表示感嘆。

1なんと 與～でしょう、～だろう等相呼應使用，表示對眼前看到的事物，或已成為現實事物的感嘆。相當於中文的**多麼…啊！**

○**なんと**きれいなばらの花だろう。／多麼漂亮的玫瑰花啊。

○そこらの景色は**なんと**美しいでしょう。／那裡的風景多麼美麗啊！

○このところ小春日和の天気が続いて、**なんと**すばらしいんでしょう。

這一陣子一直是這種小陽春天氣，多麼棒啊！

○まあ、**なんと**感心な子供なんでしょう。／啊！多麼令人佩服的孩子啊！

2どんなに　也與~だろう、~でしょう等相呼應使用，表示感嘆，但它與なんと稍有不同，多用來表示對未來事物的想像或回憶過去事物時的感嘆，即不是對眼前事物的感嘆。也相當於中文的**多麼…啊**。

○鳥(とり)のように空(そら)を飛(と)べたら、どんなに楽(たの)しいでしょう。

如果能像鳥兒一樣在空中飛翔，那該多麼快樂啊！

○日本(にほん)へ行(い)って日本(にほん)の大学(だいがく)に入(はい)れたら、どんなに嬉(うれ)しいでしょう。

如果能去日本，還上了日本的大學，那該多麼高興啊！

○その歌(うた)がどんなにわたしたちの心(こころ)を動(うご)かしたことだろう。

那首歌是多麼的讓我們深受感動啊！

○彼(かれ)は日本語(にほんご)を勉強(べんきょう)するのにどんなに苦労(くろう)したことだろう。

為了學習日語，他下了多麼大的功夫啊！

本書在第三章P117指示副詞的用法處，對它已作過說明，請參考該章節。

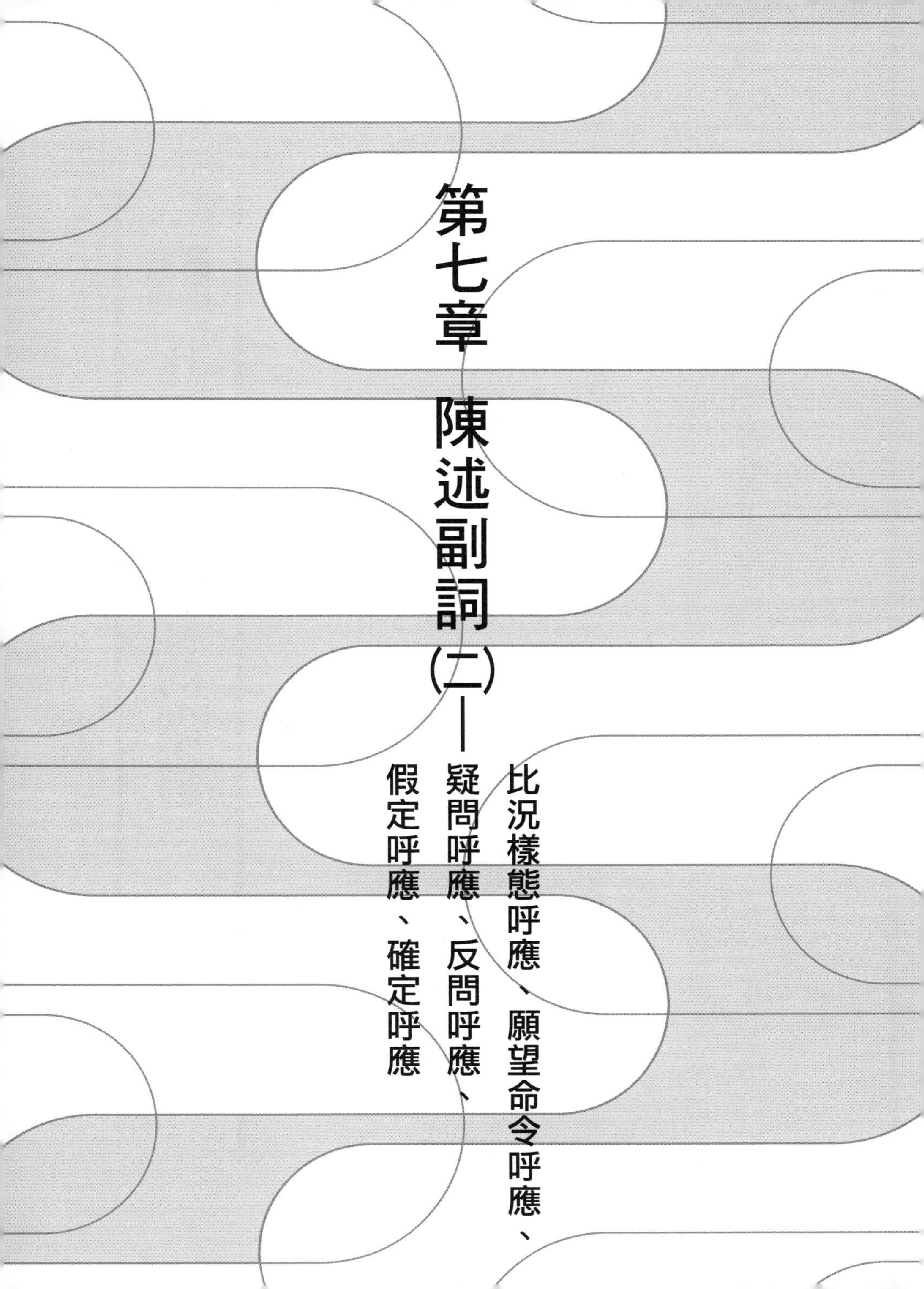

第七章 陳述副詞(二)

——比況樣態呼應、願望命令呼應、疑問呼應、反問呼應、假定呼應、確定呼應

1 比況樣態呼應的副詞

也就是與後面表示比況或樣態的詞語相呼應的副詞。具體分析，還有下面兩種類型：

①比況呼應

常用的有：ちょうど、まるで、あたかも、さながら等。

這類副詞一般與下面的表示比況的詞語～ようだ、～みたい等相應，表示像某種東西、像某種情況。

1ちょうど（丁度） 與ようだ、みたいだ（包括它們的活用形）相呼應，它是口語，多用於日常會話中，表示對具體事物的比喻。相當於中文的**簡直像…**、**像…一樣**。

○桜が散ってちょうど雪のようだ。

櫻花散落好像下雪一樣。

○象の足はちょうど木の幹のようだ。／象的腿就像樹幹一樣。

○テレビはちょうどラジオと映画を一緒にしたようなものだ。

電視就像是結合收音機和電影的東西。

它還表示「正好」、「正」。

○いま風呂はちょうどいい塩梅だ。／現在澡堂的水溫正好。

○いまちょうど十二時だ。／現在正好十二點。

2まるで（丸で）　與ちょうど的含義用法相同，也與ようだ、みたいだ等相呼應使用，表示相似。它也是口語，多用於日常會話中對具體事物、情況的比喻。相當於中文的**簡直像…、像…一樣**。

○あの人の恰好をみると、まるで商売人みたいだ。／看他那個樣子簡直像個生意人。

○三郎はおとなしくてまるで女の子のようだ。／三郎乖巧得很，簡直像個女孩子。

○それはまるで夜空にぽっと打ち上げられた花火のようだ。

那簡直像在夜空中燃放的煙火一般。

它還可以與否定消極術語相呼應使用，表示全面否定，相當於中文的**簡直**、**完全**。

○彼は日本語がまるで話せない。／他完全不會講日語。

○ビールなら飲めますが、お酒はまるでだめです。／喝啤酒還可以，清酒就完全不行。

3あたかも（恰も）　它與ちょうど、まるで含義、用法相同，但它是書面用語，多與比況助動詞ようだ（或ごとし）相呼應使用，並且多用於敘述風景、事物、人們形像等，相當於中文的**恰似…一般**、**宛若…一般**、**像似…**。

○彼の泳ぎ振りはあたかも飛魚のようだ。／他游泳的姿勢就像飛魚一般

○あたかもわが家に身を置いているかのように思われた。

覺得好像回到自己的家一樣。

○高い崖から勢いよく落ちる滝はあたかも夜空にかかった銀河のようで、深い谷におちる銀の玉となって飛び散る。／從高高的懸崖上落下來的瀑布，宛若懸掛在天空中的銀河，落到深谷裡變成無數飛散的銀珠。

4さながら（宛ら）　與あたかも相同，也是書面用語，與～ようだ等相呼應，也多用來

描繪人物的形象、自然景物、周圍氣氛等。相當於中文的宛若…、恰似…。

○それはさながら青天の霹靂のようだ。／彷彿晴天霹靂。

○富士山はさながら白扇を逆にしたようなものだ。

富士山宛若倒懸著的白扇一樣。

○野面に秋風が爽やかに吹きわたるたびに、そこを蔽った稲の穂が黄金色のさざなみのようにゆれ動く様はさながら絵を見るような美しさでした。

每當秋風吹遍原野的時候，遍佈大地的稻穗，宛若金黃色的微波一起一伏，真像圖畫般美麗。

上述まるで、あたかも、さながら，它們構成句子時，述語部分的ようだ、みたいだ，有時可以省略，而ちょうど則不能省略。

○富士山はさながら（○まるで、○あたかも）白扇を逆さまにしたようなものだ。

富士山宛若倒懸著的白扇一般。

○それはあたかも（○まるで、○さながら）青天の霹靂のようだ。／那有如晴天霹靂。

2 樣態呼應

常用的副詞有：さも、いかにも等。

它們雨後面的表示樣態的樣態～そうだ助動詞相呼應，表示某種狀態。

1 さも　多與樣態助動詞**そうだ**（多用它的活用形）或接尾語**げ**（多用～げな、～げに）相呼應使用，表示從旁看上去彷彿是某種樣子。相當於中文的**似乎是…**、**彷彿**、**好像**等。

○彼(かれ)は**さも**満足(まんぞく)そうに（○満足(まんぞく)げに）いいました。／他似乎很滿意似地說了。

○刺身(さしみ)を食(た)べたことのないかれは**さも**旨(うま)そうに（○**旨(うま)げに**）食(た)べていた。

從來沒有吃過生魚片的他，也似乎吃得很起勁。

○彼(かれ)は**さも**残念(ざんねん)そうな（○**残念(ざんねん)げな**）顔(かお)で帰(かえ)っていった。

他看起來似乎很遺憾的回去了。

有時候也與～**ようだ**相呼應使用，表示**好像**。

○豚(ぶた)は餌(えさ)を食(く)ってから、**さも**疲(つか)れた**ように**横(よこ)になった。

豬吃完食物以後，好像累了似地躺了下來。

2いかにも（如何にも） 與さも的含義、用法基本相同，與樣態助動詞そうだ（多用它的活用形）、接尾語げ（多用~げな、~げに）相呼應使用，也表示從旁看上去好像是某種樣子。也相當於中文的**似乎是**、**彷彿**、**好像**。這時可與さも互換使用。

○彼はいかにも（○さも）残念そうに（○残念）答えた。

他似乎是很遺憾地回答。

○どうしたわけか知らないが、彼女はいかにも（○さも）悲しそうな（○悲しげな）顔をしている。／不知道什麼緣故，那個女人彷彿很悲傷。

いかにも還可以與~らしい相呼應使用，表示人的動作、行為或客觀事物**的確像……**。這時不能換用さも。

○彼はいかにも金持ちらしいみなりをしている。

他的穿著打扮，的確像一個有錢的人。

○それはいかにも病院らしい建物だ。／那棟建築的確像家醫院。

2 願望命令呼應的副詞

常用的副詞有：どうか、どうぞ、なにとぞ、ひとつ、ぜひ、ぜひとも等。

一般與述語部分的表示願望的詞語，如～たい；或表示請求、命令的詞語，如お～くださ い、～てください、～おねがいします等相呼應使用，表示自己的願望、請求、命令。

1 どうぞ（何卒(どうぞ)）　它只能與表示請求命令的詞語，如～てください、お～くださ い或～おねがいします相呼應來用，表示對對方的請求、命令。相當於中文的**請……**。

○どうぞ、お上(あ)がりください。／請進來！

○どうぞ、窓(まど)を上(あ)けてください。／請打開窗戶！

○どうぞ、よろしくおねがいします。／請您多關照！

也有省略去下面的述語部分，同樣地表示請求。

○**どうぞ**、ごゆっくり（なさってください）。／請您再多做一會兒！

○**どうぞ**、お体(からだ)をお大事(だいじ)に（してください）。／請您保重身體！

但它不能用於否定請求、命令句，這時則要用下面的**どうか**。

×どうぞ、遅(おく)れないでして。

○**どうか**、遅(おく)れないでください。／請您不要遲到。

2どうか　與**どうぞ**的含義、用法基本相同，也是只能與請求、命令詞語相呼應，表示對方的請求、命令。相當於中文的**請……**。

○**どうか**、お待(ま)ちください。／請等一等！

○**どうか**、気(き)を付(つ)けてください。／請注意！

○**どうか**、すこしお飲(の)みください。／請喝一點！

○**どうか**、よろしくお願(ねが)いします。／請您多關照！

另外它還可以用**どうか～ないでください**，表示否定命令。相當於中文的**請不要…**。前面的どうぞ不能這麼用。

○**どうか**（×どうぞ）遠(とお)いところへ行(い)かないでください。／請不要去那麼遠的地方！

○**どうか**（×どうぞ）煙草を吸わないでください。／請不要抽煙！

但它不能省略去述語部分，因此下面的句子是不通的。這時要用どうぞ。

×どうか、ごゆっくり。

○**どうぞ**、ごゆっくり。／請您再多坐一會兒！

3　なにとぞ（何とぞ）　與どうぞ、どうか的含義、用法相同，也與請求、命令的詞語相呼應，表示對對方的請求、命令。但它是非常鄭重的表現方式，並且經常作為寒暄用語來用。相當於中文的**請**……。

○**何とぞ**、お出でください。／歡迎您來啊！

○**何とぞ**、よろしくおねがいします。／請您多多關照！

也可以將述語部分表示請求、命令的詞語省略。

○**何とぞ**、お体をお大切に。／請您多保重身體！

○**何とぞ**、ご自愛のほどを。／請您保重！

4　ひとつ（一つ）　它本來是數詞，表示一個。例如：

○メロンを**一つ**買ってきた。／我買了一個哈密瓜。

引申作為副詞來用，最基本的用法，表示**試試**。相當於中文的**試一試**。

○できるかどうか一つやってみましょう。／會不會就讓我試試看吧！

進一步也與～てください、お～ください、お～ねがいします等相呼應使用，這時與どうぞ的用法相似，用來請求對方，但講話的同時自己也往往與對方進行同一動作。相當於中文的**請**。

○ひとつお召し上がりください。／請您吃點！

○ひとつお試しになってください。／請您試一試！

但所進行的行為只是對方的行為時，則不能用ひとつ，而要用どうぞ。

×ひとつお助けください。

○どうぞお助けください。／請幫我一下！

5 ぜひ（是非）、ぜひとも（是非とも）

兩者含義、用法基本相同，只是ぜひとも比ぜひ語氣更強。它們比どうぞ、どうか用法更廣：用於第二人稱時，與～てください、お～ください等相呼應使用，表示對對方的請求、命令。可譯作中文的**無論如何**、**一定**。

○とても面白い映画ですから、ぜひ観てください。

那是一部很有意思的電影，你一定要看一看！

○ぜひともいらっしゃってください。／無論如何請您光臨！

也可以用於第一人稱，這時與~たい相呼應來用，表示自己的願望。相當於中文的**無論如何也要…、一定…**。

○ぜひお目にかかりたいです。／我無論如何都想見您一面！

○一度でもいいから、ぜひとも日本へ行きたいんです。

即使一次也好，我一定要去日本一趟。

3 疑問呼應的副詞

常用的有：どう、どうして、なぜ、いつ、いかに、いかが等。

它們與疑問助詞か、かしら等相呼應，構成疑問句；也可以將疑問句用在大句子中，表示疑問。

1どう　已經在本書第三章P116指示副詞部分稍作說明，但它一般與疑問助詞か、かしら相呼應使用時，則式陳述副詞的用法。相當於中文的**怎樣**。

○この漢字はどう読みますか。／這個漢字怎麼念？

○駅まではどう行きますか。／到車站怎麼走？

○どう読むか、私にも分かりません。／我也不知道怎麼唸。

○この問題をどう解くか、王さんに聞きましょう。／這個問題怎麼解，問一問王先生吧！

它還可以用「どうですか」作述語來用。

○お体（からだ）はどうですか。／你的身體怎麼樣？

○御機嫌（ごきげん）はどうですか。／您好嗎？

2どうして

イ　與表示疑問的か、かしら相呼應使用。

與なぜ的含義、用法相同。相當於中文的**為什麼**。

○どうしてまちがったのですか。／為什麼錯了呢？

○彼（かれ）はどうして行（い）かないのかしら。／他為什麼不去呢？

○どうして彼（かれ）が言（い）わないのか分かりません。／我不知道他為什麼不說。

ロ　與どんなにしても的含義相同，相當於中文的**怎樣…呢**？

○一体（いったい）どうして工夫（くふう）したのですか。／你究竟是怎麼研究出來的？

○あの人（ひと）とどうして知（し）りあいになったのですか。／你怎麼和他成為朋友的呢？

○わたしはどうしていいかわからないほど、うれしかった。

我高興得不知怎樣才好。

どうして還可以和述語部分的～できるだろうか、～できようか等相應，構成反問呼應。

請參考本章下一節的反問呼應部分。

3なぜ（何故） 與どうして的イ的含義、用法相同，與使用か、かしら的述語相呼應，表示疑問。也相當於中文的為什麼。

○日本はなぜ地震が多いのですか。／日本為什麼多地震呢？

○李さんはなぜそんなによくできるのですか。／李同學為什麼成績那麼好呢？

○彼はなぜそんなにできるのか、わたしにもわかりません。

我也不知道他為什麼成績那麼好。

它還可以用「なぜですか」作述語來用。

○きのう学校に出なかったのはなぜですか。／昨天你為什麼沒有上學呢？

4いつ（何時） 與疑問助詞か、かしら等相呼應使用。相當於中文的什麼時候。

○いつ日本へお出でになったのですか。／你是什麼時候到日本來的呢？

○いつ学期試験が始まりますか。／什麼時候開始期中考呢！

○いつ出発するか、まだ決っていません。／什麼時候出發，還沒有決定。

它也可以用いつですか、いつか作述語來用。

○彼が来たのはいつですか。／他是什麼時候來的？

5いかに（如何に）　與疑問助詞か相呼應，表示どんなやりかたで、どのように，即**怎樣…、怎樣來做**，但它是書面用語，多用在文章中、演講中，用在一般談話中便生硬一些。相當於中文的**怎樣…呢、如何…呢**

○われらは如何にすべきか。／我們應該如何做呢？

○如何に生きるか、これはよく考えるべき問題です。

怎樣過生活，這是應該好好考慮的問題。

○如何にこの問題を解決すべきかをよく研究する必要であると思います。

應該怎樣來解決這個問題，我想有必要好好研究一下。

它還可以用いかに～ても構成逆態假定條件，表示**即使怎樣…也**。相當於中文的**無論…也**。

○如何に努力してもだめだ。／無論怎樣努力也無效。

6いかが（如何）　與疑問副詞か等相呼應使用，但它是書面用語，語氣比較鄭重，因此多用在使用敬語的句子裡。它有下面兩種用法：

イ、與どんな風に、どのように的意思相同，作連用修飾語來用，修飾下面的動詞。

相對於中文的**怎樣…呢**

○いかが取り計らいますか。／怎樣來處理好呢？

○お食事はいかがなさいますか。／要不要吃飯？

ロ、作述語來用、與どう的含義、用法相同。相當於中文的**怎樣**？

○ご病気はいかがですか。／你的病怎樣？

○ご気嫌はいかがですか。／你好嗎？

○コーヒーはいかがですか。／喝點咖啡怎麼樣？

另外いくつ、いくら等都是疑問呼應的副詞，就不再一一舉例說明。

4 反問呼應的副詞

它只有どうして一個副詞，與述語的～できるだろうか、～できようか等相呼應使用，構成反問句，表示絕不能如何如何。相當於中文的**怎樣…呢？**

○どこで失くしたのかも知らないのに、どうして捜すことができるだろうか。
在那兒弄丟的也不知道，怎麼找得到呢？

○こんなに難しい問題だから、子供にはどうして解けることができるでしょうか。
這麼難的問題，小孩子怎麼會呢？

○どうして彼と比べることができようか。／怎麼能和他相比呢？

○どうして黙って見ていられようか。／怎麼能夠一聲不吭呢？

單獨地用在句子裡，相當於中文的**哪裡**，用以否定對方。

○「もう済(す)んだかね」／「已經做完了嗎？」

「どうして、どうして、いま始(はじ)めたばかりだ。」

「哪裡，哪裡，現在才剛剛開始。」

○「あなたはその会社(かいしゃ)の重役(じゅうやく)でしょう。」／「你是那個公司的董事吧！」

「どうして、どうして。」／「哪裡，哪裡。」

5 假定呼應的副詞

它有順態假定呼應與逆態假定呼應

1 順態假定呼應

常有的副詞有：もし、まんいち、かりに、どうせ**等**。

它們與表示順態假定的祝詞、助詞たら、ば、なら、と等相呼應，構成順態假定條件。

1もし(若し) 與たら、ば、なら、と等相呼應，表示順態假定。它是口語，多用在日常生活中。相當於中文的**如果**、**假若**。

○水がもしアルコールなどのように燃えやすかったら、どんなことになるでしょう。
假使水像酒精那樣易燃的話，那會怎麼樣呢？

○**もし**みんなが行かないなら，ぼくも行きません。／如果大家不去的話，我也不去。

○**もし**君が参加すればぼくも参加します。／假如你參加的話，我也參加。

○君に**もし**ここで乱暴を働かれると、僕は非常に迷惑します。

如果你在這邊胡鬧的話，我會很困擾。

2まんいち（万一）　也與順態假定的たら、ば、なら、と等相呼應，構成順態假定條件。但它是書面用語，多用來表示**萬一發生了什麼事，那將會如何如何**，這種事態較為嚴重並有可能發生，但在一般的情況下，是不易發生的。這時也可以用もし，但語氣較弱。相當於中文的**萬一**。

○**万一**ニューヨークのような大都会に大地震が起こったら，これこそ大混乱するだろう。

萬一在紐約這樣的那城市發生了大地震，那將陷入極端的混亂。

○**万一**火事が起これば、この消火器で火を消してください。

萬一發生了火災，請用這個滅火器滅火！

3かりに（仮に）　也與表示順態假定的たら、ば、なら、と相呼應，它是書面用語，表示事實上並不存在或幾乎不可能發生的事情，**假設**它這樣或那樣，也可以換用**もし**，但語氣較弱。相當於中文的**假若…**。

○かりにぼくが先生だったら、決してそんなことをするのを許さないのだ。

如果我是老師的話，決不會允許做這種事情。

○かりに火星に人間が住んでいるとしたら、その人間の知力はわたしたちよりずっと発達しているだろう。／假設火星上有人的話，那些人的智力依定比我們更加發達。

4どうせ　它與前三個副詞不同，一般只與なら相呼應使用，構成どうせ～なら慣用型來用，表示順態假定條件。相當於中文的**既然要…的話…**、**如果要…的話**、**反正要…的話**。

○どうせ行くなら、みんなと一緒に行きましょう。／既然要去的話，就和大家一起去吧！

○どうせ買うなら、丈夫なのを買いなさい。／如果要買的話，還是買堅固的好。

○どうせ相談するなら、早く相談したほうがいい。／反正都要談，還是早些談的好。

它還可以與順態確定詞語相呼應，構成どうせ～から慣用型來用，請參考本章六確定呼應部分。

2 逆態假定呼應

常用的副詞有：たとえ、まんいち、かりに、よしんば、いくら、どんなに**等。**

它們與表示逆態假定的助詞ても、とも等相呼應，構成逆態假定。

1たとえ　兩者含義、用法相同，都與表示逆態假定的接續助詞ても（或でも）、とも等相呼應，構成逆態假定條件，它們是口語，在日常生活中被廣泛地使用。相當於中文的**即使…也**。

○内容が良ければ、たとえ文章が短くても価値がある。

如果內容好的話，即使文章短，也有價値。

○たとえ雨が降っても予定通りにサッカー試合を行います。

即使下雨，也要按預定計畫，進行足球比賽。

○たとえどんなことが起ころうとも、われわれは研究を続けます。

即使發生了什麼事情，我們也要繼續研究下去。

2まんいち（万一）　與表示逆態假定的接續助詞ても（或でも）、とも等相呼應，構成逆態假定條件，由於它是書面用語，多用來表示**即使發生了什麼大事態也如何如何**。可換用たとい（たとえ）。相當於中文的**即使…也、萬一…也**。

○安全ベルトを締めておいたら、万一他の車とぶつかっても怪我をすることはない。

如果繫上安全帶，即使和其他的車子相撞，也不會受傷。

○回路にヒューズを入れておくと、万一ショートしても事故の起こるおそれはない。

如果在電路事先安裝好保險絲的話，即使短路也不會發生事故。

3かりに（仮に） 也與表示逆態假的的接續助詞ても（或でも）、とも等相呼應使用，構成逆態假定條件，但它的假設語氣很強，一般用來表示假設事實是那樣，或者事實不會發生。可換用たとい（たとえ），但語氣弱一些。相當於中文的**假定……也、即使……也**。

○かりに神武天皇が本当にいたとしても、二千六百年以上もの昔の人ではないことだけは確かだ。

假設神武天皇確實存在，也不是二千六百多年前的古人，這點是千真萬確的。

○かりに肺結核であってもおそれることはない。この薬をのめば治療することができる。

即使是肺結核也不要害怕，吃這種藥就可以治好的。

4よしんば　也與表示逆態假定的接續助詞**ても**、**とも**等相呼應使用，構成逆態假定條件句。但它是較舊的說法，一般表示假定自己並不滿意的情況出現也如何如何。也可以換用たとい（たとえ）。相當於中文的**即使…也**。

○よしんばそれが事実(じじつ)であっても、わたしはそれを認(みと)めるわけにはいかない。

即使那是事實，我也不能承認。

○よしんばこの計画(けいかく)が失敗(しっぱい)したとしても、それは教訓(きょうくん)にもなります。

即使這個計劃失敗了，它也可以成為教訓。

5もし（若(も)し）　個別情況下，可用於逆態假定條件句，但用時較少，多用たとい（たとえ）。相當於中文的**假若…也**、**即使…也**。

○もし（○たとい）失敗(しっぱい)しても、がっかりしてはいけません。

即使失敗了，也不不失望！

6いくら　原來是表示數量的疑問副詞。相當於中文的**多少**。例如：

○この袋(ふくろ)の砂糖(さとう)はいくらぐらい入(はい)っていますか。／這個袋裡裝子裡了多少砂糖？

引申作為陳述副詞來用，與**～ても**相呼應使用，構成逆態假定條件句，這時的述語多用

～だろう結尾。相當於中文的**即使…也**、**無論怎樣…也**。

○いくら忠告しても彼は聞かないだろう。／無論怎樣勸告，他也不會聽吧！

○いくら頑張っても、相手チームには勝てないだろう。

無論怎樣加油，也贏不了對方的吧。

同樣用いくら～ても，但述語用～た或動詞現在式結句，這時則表示逆態確定條件，即這一情況已經出現，已成為事實。也相當於中文的**無論怎樣…也**。

○いくら頼んでも教えてくれなかった。／無論怎樣拜託他，他也不教我。

○難しい本だから、いくら読んでも分らなかった。

是本很難的書，怎麼看也看不懂。

○いくら掛けても電話が通じない。／不論怎麼打，電話也打不通。

○いくら父親でも（○父親であっても）それはひどすぎる。

就算是父親，那也太過分了。

7どんなに　與いくら用法近似，也與～ても等相呼應使用，構成逆態假定條件句，這時述語多是未成為現實的情況。一般可換用いくら。相當於中文的**無論怎樣……也**。

○どんなに（○いくら）好きであっても食べ過ぎてはいけません。

無論多喜歡吃，也不要吃得過多。

○どんなに（○いくら）困っていても人のものを盗みません。

無論怎樣困難，也不能偷別人的東西。

同樣用どんなに～ても，但述語用已發生過的事實，這時則是逆態確定條件。也可以換用いくら～ても。也相當於中文的**無論怎樣……也**。

○彼はどんなに（○いくら）忙しくても、新聞を読まないときはなかった。

他不論多麼忙，也不會不看報紙。

○そのとき、どんなに（○いくら）苦しくても苦しいとは言わなかった。

那時候無論怎樣都不喊苦。

但由於いくら本來是表示數量的副詞；而どんなに是表示程度的副詞，如上所述，在用どんなに～ても的句子，一般可換用いくら～ても；但有數量含義的いくら～ても，要用いくら，而不能用どんなに。例如：

○いくら計算しても間違いはない。／無論算多少遍，都沒有錯。

×どんなに計算(けいさん)しても間違(まちが)いはない。

○いくら掛(か)けても電話(でんわ)は話中(はなしちゅう)だ。／無論打了多少次，電話都佔線。

×どんなに掛(か)けても電話(でんわ)は話(はな)し中(ちゅう)だ。

6 確定呼應的副詞

它也有順態確定呼應與逆態確定呼應的不同：

1 順態確定呼應

常用的副詞有：なにしろ、せっかく、**どうせ等。**

它們與表示順態確定條件的から等相呼應，構成順態確定條件。但它們的呼應用法只是它們的許多用法之一。

1 なにしろ（何しろ） 一般用なにしろ～から～構成一個順態確定條件，表示因某種原因，而引出下面的否定消極內容。而なにしろ含有無可奈何難以處理、擺脫的語氣。相當於中文的**無論怎麼說…所以…**、**說起來…所以**。

○なにしろ近頃(ちかごろ)忙(いそが)しいものだから、相談(そうだん)する暇(ひま)もない。

說起來最近真的很忙，沒有討論的時間。

○なにしろ相手(あいて)は大勢(おおぜい)なんだから、とてもかなうものじゃない。

對方人很多無論怎麼說是敵不過的。

○なにしろ、話(はなし)が急(きゅう)だから、どうしたらいいかわからない。

這件事無論如何都太趕了，不知該如何是好。

有時只是提出這一用法的前半的順態確定條件句，表示某種原因，而省略了句子的後半部分。相當於中文的**無論怎麼說**、**總之**。

○なにしろ寒(さむ)いですから着(き)る物(もの)を持(も)って行(い)った方(ほう)がいいですよ。

總之那裡很冷的！帶些衣服去比較好。

○東京(とうきょう)はなにしろ人(ひと)が多(おお)いですね。／東京人真多啊！

2せっかく（折角(せっかく)）　它用せっかく～から構成順態確定條件，表示好不容易做到的事情，所以要如何如何。相當於中文的**好不容易…（所以）**、**特地…（所以）**。

○友人(ゆうじん)がせっかく薦(すす)めたものですから承諾(しょうだく)しました。

朋友特地推薦的，所以我答應了。

○せっかく持ってきたのですから、いただきましょう。／好不容易拿來的，我接受吧。

○せっかく東京に来たのですから、できるだけいろいろ見物していきませんか。

好不容易到東京來一趟，再到各處遊覽遊覽吧！

它還可以構成逆態假定條件句來用，請參看本章P249的逆態確定條件。

3どうせ　一般用**どうせ～から**構成一個順態確定條件，表示反正情況如此，因此理所當然地如何如何。相當中文的**反正…因此…**。

○どうせ、読む暇がないから、その本を買わなかった。

反正沒有時間看，所以就沒有買那本書。

○どうせ間に合わないのだから、ゆっくり行きましょう。

反正來不及了，我們慢慢走吧！

○どうせ使わないから、持って行ってください。／反正我不用，你拿去吧！

○どうせ、いつかしなければならないことだから、早くやった方がよいでしょう。

反正是遲早得做的事情，還是早一點做的好。

它還可以與なら相呼應，構成どうせ～なら此種慣用型，作為順態確定條件來用。請參看本章五的假定呼應的副詞部分。

②逆態確定呼應

常用的副詞有：せっかく、わざわざ、なるほど等。

它們與表示逆態確定條件的接續助詞のに、が、けれども等相呼應，構成逆態確定條件。但它們的呼應用法只是許多用法之一。

1せっかく（折角）　它多用せっかく～のに等構成逆態確定條件，表示好不容易做的事情、特意做的事情，卻出乎意料之外如何如何。相當於中文的**好不容易～（可是）**、**特意…（可是）**。

○せっかく買ってきたのに、食べないのですか。／好不容易買來的，你不吃嗎？

○せっかくこれまでやったのに、いま止めるのは惜しい。

好不容易做到這樣，現在停下來，太可惜了。

○せっかく勉強したのに、試験が中止になった。

好不容易下了番功夫，考試卻不辦了。

○せっかくお伺いしたのに、お留守で残念でした。

我特地去拜訪你，你卻不在家，實在很可惜。

它還可以與から相呼應，構成せっかく～から作為順態確定條件來用。請參看本章P249的順態確定呼應部分。

2わざわざ　它的基本用法是修飾動詞，用在單句中，表示**特意地、特地**。

○彼はわざわざその展覧会を見に行きました。／他特地去看那個展覽會。

○はじめまして、王と申します。わざわざお出迎えいただきまして、ありがとうございました。／初次見面，我姓王。讓您特地來接我謝謝你了。

有時也用わざわざ～のに的句型構成逆態確定條件。相當於中文的**特意…（可是）**。

○わざわざ遠方から来てくれたのに、ただ帰すのも気の毒だ。

他特地從遠方來的，就這樣讓他回去，太過意不去了。

○わざわざ日本料理をこしらえてあげたのに、食べもしないで帰っていった。

特地為他做了日本料理，可是他沒吃就回去了。

3なるほど（成程） 它的基本用法是修飾一切用言，用在單句中，表示的確不假。相當於中文的**的確**。

○なるほど私が悪かった。／的確是我不好。

○なるほどいい方法だ。／的確是好方法。

有時用**なるほど～けれども（が）**構成逆態確定條件。相當於中文的**的確是…可是**。

○なるほどいい品物だが、なにしろ値段が高いからね。

的確是好東西，但是價錢太貴了！

○なるほど年は取っているけれども、なかなかよく働くよ。

的確是上了年紀，但工作非常認真。

結束語

以上是**基礎日本語**系列叢書中，**副詞**的主要內容。本書按日本的**學校文法**，及日本語教學常用的分類法，劃分副詞的類別，並且在各類副詞項目中舉出例子、例句。

日本的副詞很多，但許多並不是初中級的讀者所需要的，因此對一些使用頻率不是很多的副詞，則不得不加以割愛，只就一些初中級的讀者所需要的、並且在口語中常用的副詞舉例說明。

本書所要介紹的例句，原則上只列舉一次，但也有少數例句，列舉了兩次。被列舉兩次的例句，有兩種情況，一種是由於用法不同，不得不在不同的分類題目下解說。如とても首先它是與否定消極相呼應的。另一種則是由於分類的角度不同，有必要列舉兩次，如どう從它的性質來看，是情態副詞中的指示副詞；從它的用法來看，它又屬於陳述副詞，與表示疑問相呼

應。當然這樣分別解釋的副詞是極少數的。對另外一些副詞多是只就其主要用法列舉一些典型的例句，而未能針對它們的全部用法加以說明。如陳述副詞中的推量呼應用法，本書只舉出了與だろう、でしょう的呼應情況，而對其他表示推量詞語（如～にちがいない、～はずだ）的呼應，則多省略不用。因為一旦深入探討，篇幅將更長，同時也不一定符合初中年級讀者的需要。這一點也請讀者諒解。

索引

本索引裡收錄了書中列出詞句作了說明的副詞，且按五十音表即あ、い、う、え、お順序編排，方便讀者快速查閱。

【　す　】

【　せ　】

【　そ　】

【　た　】

【ち】

【つ】

【と】

【　へ　】

【　ほ　】

【　ま　】

【　み　】

【　め　】

【　も　】

メモ

メモ

メ モ

メモ

國家圖書館出版預行編目資料

基礎日本語副詞／趙福泉著.
--2版.-- 臺北市：笛藤,2012.01
面；公分
ISBN 978-957-710-585-1(平裝)
1.日語 2.副詞
803.166 100027902

編者簡介

趙福泉

1920年生，畢業於日本東京第一高等學校文科，日本京都帝國大學（現京都大學）經濟學部。回國後在外國語學院從事日語教學工作40年。任日語教授、日語碩士研究生指導教授，曾出版多種有關日語字彙和文法的書籍。

〈修訂版〉基礎日本語副詞 定價280元

2012年4月21日・第二版第一刷

著　　者　趙福泉
總 編 輯　賴巧凌
編　　輯　詹雅惠・洪儀庭・徐一巧
封面設計　T A K A VISUALIZATION & GRAPHIC DESIGN
發 行 所　笛藤出版圖書有限公司
地　　址　台北市中華路一段104號5樓
電　　話　(02) 2388-7636
傳　　真　(02) 2388-7639
郵撥帳戶　八方出版股份有限公司
郵撥帳號　19809050
總 經 銷　聯合發行股份有限公司
地　　址　新北市新店區寶橋路235巷6弄6號2樓
電　　話　(02) 2917-8022・(02) 2917-8042
製 版 廠　造極彩色印刷製版股份有限公司
地　　址　新北市中和區中山路二段340巷36號
電　　話　(02) 2248-3904・(02) 2240-0333